L E   P O U L P E

COMME UN COQ EN PLÂTRE

LE POULPE

Jean-Bernard Pouy	*La petite écuyère a cafté*
Serge Quadruppani	*Saigne sur mer*
Patrick Raynal	*Arrêtez le carrelage*
Didier Daeninckx	*Nazis dans le métro*
Noël Simsolo	*Un travelo nommé désir*
Franck Pavloff	*Un trou dans la zone*
Paul Vecchiali	*La pieuvre par neuf*
Jean-Jacques Reboux	*La cerise sur le gâteux*
Claude Mesplède	*Le cantique des cantines*
Pascal Dessaint	*Les pis rennais*
Olivier Thiébaut	*Les pieds de la dame aux clebs*
Gérard Delteil	*Chili incarné*
Roger Martin	*Le G.A.L., l'égout*
Jean-Christophe Pinpin	*Les gens bons bâillonnés*
Bertrand Delcour	*Les sectes mercenaires*
Hervé Prudon	*Ouarzazate et mourir*
Guillaume Nicloux	*Le saint des seins*
Roger Dadoun	*Allah recherche l'autan perdu*
Pascale Fonteneau	*Les damnés de l'artère*
Sylvie Granotier	*Comme un coq en plâtre*

Du même auteur :

Courrier posthume, Éditions Régine Deforges, 1990
Mort sans lendemain, Éditions Ramsay, 1992

ISBN : 2-84219-027-0
ISSN : 1265-986X

LE POULPE

sylvie granotier

COMME UN COQ EN PLÂTRE

LE POULPE

ÉDITIONS BALEINE

À Catherine Leroy

1

Que la terre dévore ses propres enfants

Quatre heures. L'heure des rats et des hommes qui leur ressemblent, noceurs et nocifs, rongeurs et rongés. Celui-ci était, semble-t-il, de grande taille mais à une heure pareille, on manque d'éléments de comparaison. Il déboucha du passage qui rejoint la rue Meslay, vérifia les abords du croisement et, d'un coup d'épaule, ajusta le poids mort qui lui collait au flanc. Ils tanguèrent à deux, le long de la rue Notre-Dame-de-Nazareth. Ni pigeon ni flic ne pointaient la moindre queue. Le remuant déposa enfin son siamois amorphe sur un bateau, devant un portail de fer où il était pourtant indiqué que le stationnement était interdit. Il souffla un coup avant de démêler un astucieux arrangement de ficelles qui tenait, en équilibre sur son dos, une série de cartons plats dont il recouvrit entièrement son ancien fardeau. Il attendit quelques secondes, le cou en accordéon, l'œil attentif, puis repartit d'où il venait, sans plus rien observer autour de lui.

À cinq heures, au bip aigu de son réveil, Crusonnier répondit par un gémissement, une octave plus bas et, comme l'audacieux contrepoint n'avait aucun effet sur la créature sentant le rance et la sueur à ses côtés, il fit semblant de s'étirer pour lui filer un vigoureux coup de talon dans le mollet. La créature se retourna sur le dos et se mit à ronfler sans aucune harmonie perceptible. Encore un coup à ne pas pouvoir compter sur la crispante qui l'accompagnait pour le pire depuis une trentaine d'années. Il bascula ses jambes hors du lit, prit appui des deux mains pour redresser son corps obèse et partit pisser d'un pas lourd. Un coup d'eau froide sur la figure, un doigt mouillé rapidement passé sur les dents, il enfila un caleçon long, tee-shirt assorti, surtout pour le gras, un pantalon en fausse gabardine infroissable, gros pull chiné gris et chaussures montantes à zipper. Il se fit chauffer un reste de café de la veille qui gargouilla bruyamment pendant qu'il se curait en profondeur une narine poilue. Il pesta vainement : le breuvage était infect. Il descendit jusqu'au garage glacial où il enfila son bleu.

La tête aussi embrumée que l'aube qui tardait à s'annoncer, il déclencha l'ouverture du portail sur rue et se mit au volant d'une Golf rutilante qui démarra au quart de tour. Ça valait mieux pour elle. Il avait travaillé une partie de la nuit dessus et il n'aurait pas bien réagi à une fausse note du démarreur.

Comme il franchissait le trottoir, un obstacle inattendu ralentit sa marche arrière, l'obligea à forcer sur l'accélération. Il gara la voiture le long du trottoir d'en face et, revenant sur ses pas, découvrit un tas de cartons, grossièrement bosselé, qui obstruait l'accès à son garage. Il grinça quelques jurons en se rapprochant de l'obstacle. Alors seulement, il aperçut la main bleutée très immobile dépassant de l'entassement.

Une minute plus tard, celle de Crusonnier, comme pour prouver son appartenance à un corps bien vivant, s'agitait à faible amplitude. Le garagiste dut même s'agenouiller, coudes au corps pour stabiliser ses membres supérieurs, avant de repousser l'amas de cartons.

Un homme d'une trentaine d'années reposait sur le dos, bras en croix, abandonné à un sommeil sans rêves. Autrefois, on l'aurait appelé clodo, va-nu-pieds, traîne-savates, vagabond, trimard, claque-dents ou tout simplement gueux, mais notre époque moderne prétend enrayer l'épidémie galopante de la misère en la maintenant à distance grâce à un sigle désincarné : SDF.

Le vivant regarda le mort dont la rigidité sembla déteindre sur lui car il demeura longtemps, oublieux du froid, agenouillé, bras ballants. Enfin, défiant pour la première fois depuis cinquante-neuf ans la mise en garde maternelle, il baissa la tête, et pleura. D'abord, à cause du choc. À son âge il n'avait jamais vu de trépassé. Il avait connu des hommes sans avenir, des gradés, des grabataires, des décorés, mais jamais des définitifs à ce point. Et puis, guidé par un instinct sûr, comme quoi ça fait du bien de pleurer un coup, il continua. Il pleura sur le désir étouffé dans l'œuf du mariage, sur le fait qu'il n'avait rien donné à l'abbé Pierre cette année, sur l'injustice d'avoir à se lever tôt tous les jours que le diable fait, sur son fils, sur sa nuit presque blanche à doper des moteurs agonisants qu'il vendrait à plus pauvre que lui qui les refileraient eux-mêmes à plus pauvres qu'eux. Bref il pleura sur la fameuse absurdité de *cette histoire de bruit et de fureur, racontée par un idiot et ne voulant rien dire.*

Inutile de préciser que ce serait le seul hommage, même détourné, rendu ce jour-là au disparu. Radios, journaux, télévisions seraient trop occupés à ne jamais en finir d'enterrer un président qui comptait plus d'intimes secrets et d'amis clandestins qu'on ne dénombre de chômeurs en fin de droits. Tant pis pour le parasite qui s'était exclu de la marche générale de la société vers un avenir radieux, avec lavement à la consommation pour déconstiper l'emploi, dopage de la réussite spectaculaire, gerbe du discours politique et cocottante diarrhée boursière.

Crusonnier finit par se remettre avec l'aide du jour naissant. L'étoffe de son bleu imbibée par capillarité, lui transit les genoux. Il se leva avec peine, claqua la porte d'entrée de son appartement, ouvrit bruyamment celle du placard et hurla dans le téléphone : «police !» La crispante finirait bien par se lever et préparer un café frais.

Les flics, à qui Crusonnier n'avait pas tout dit et qui parfois nous ressemblent, c'est pas la peine de se raconter des histoires, trouvèrent cette disparition sinon joyeuse, du moins naturelle. À la fin de l'hiver, quand il fait froid et qu'on n'a ni logis, ni vêtements chauds, le risque de mourir est statistiquement fort. C'est regrettable, mais c'est ainsi.

Les deux représentants de l'ordre burent avec reconnaissance le café mollasson que madame Crusonnier leur prépara à la hâte en répétant : «Tu parles d'une histoire, tu parles d'une histoire !» sans qu'on pût en déduire s'il valait la peine d'en parler ou pas. C'était bien de son mari de jamais faire attention où il mettait les pieds, ça devait bien finir par arriver avec tous ces loquedus qui prennent les trottoirs pour des dortoirs publics et lui qui respectait jamais les panneaux de limitation de vitesse, alors tu penses en marche arrière, ça se trouve, il avait même pas allumé les phares.

Bref, Crusonnier fût sommé d'accompagner les flics au commissariat pour répondre à quelques questions et son taux de rancœur conjugale grimpa de quelques crans, pour une fois injustement, car une bonne confession aurait pu lui éviter *le banc de torture de l'esprit dans une angoisse sans repos.*

2

Mais le jour, chaque jour, vient allonger ma gêne
Et la nuit, chaque nuit, rend plus forte ma peine.

Les cierges de la nuit avaient beau être brûlés, l'électricité compensait difficilement le jour terne qui pénétrait à peine la terrasse du Pied de Porc à la Sainte-Scolasse. Léon, lui, compensait avantageusement l'absence de tapis brosse à l'entrée du bistrot et Gabriel qui n'avait pas besoin de ça pour tirer une gueule aussi longue que le jour d'ennui qui s'annonçait, se prit les pieds dans l'antique berger allemand. Léon souleva ses paupières le temps de laisser filtrer son écœurement mais les rabaissa aussitôt sur un rêve merveilleux où les hommes, au moindre aboiement de leurs maîtres les chiens, s'affolaient dans une agitation organisée, déversant de succulentes conserves de luxe dans des écuelles jamais vides, rabattant des lapins dodus, des oiseaux penauds et des souris isolées quand l'ennui menaçait leurs oppresseurs canins. Malheureusement des stries de couleurs vives avaient remplacé le rêve exquis et Léon, dressant les oreilles, gronda.

– Couché Léon, lança aussitôt Gérard.

Le berger, gorge serrée par l'injustice, s'aplatit autant que son ventre saillant le permettait.

Gabriel lança le menton vers le patron en signe de salut, ce qui était de mauvaise augure. Gabriel Lecouvreur, trente-cinq ans, aussi long qu'un jour sans télé et aussi étroit que l'entrée du paradis, sortait d'une interminable et ennuyeuse affaire de trafic d'armes dont la seule issue heureuse avait été la dépression nerveuse de son vieil ennemi des RG, Albert Vergeat. À part ça, il avait mis la main sur un joli magot, ce dont il se fichait éperdument puisqu'il avait de quoi vivre frugalement et qu'il n'avait jamais laissé le superflu parasiter son nécessaire. Tel un pêcheur de l'île d'Aran semant les pommes de terre sur le roc infertile, il opposait une résistance solitaire et têtue à l'injustice ambiante, mais les petites irritations de la vie lui brouillaient parfois le jugement.

Bref, ce matin-là, Gabriel, dit le Poulpe, était de mauvais poil et Gérard n'avait pas besoin d'un Polaroïd pour déchiffrer les sourcils rapprochés qui dépassaient du *Parisien* monté en rempart devant le visage de son pote. Sans commentaire, il lui apporta un petit noir serré et deux tartines taillées en vitesse dans une baguette croustillante.

De retour derrière le zinc, il balaya son domaine d'un regard lent. Gérard ne supportait pas que le climat national morne, même justifié, déteigne sur son établissement. D'un geste rapide, il décrocha son téléphone et d'une voix forte lança :

– Hé *Chirac*, *Chirac*, téléphone !

Le vieux, accoudé au comptoir devant son calva du matin, carcasse de géant enfermant un cœur d'enfant, leva son regard bleu si délavé que même l'inquiétude ne pouvait lui redonner de la couleur :

– C'est mamie ?

– Non, c'est tes électeurs qui demandent si tu comptes bientôt redescendre de ta défonce présidentielle.

On l'appelait «Chirac» à cause de son amour forcené pour l'ancien député de la Corrèze et depuis si longtemps qu'il en avait lui-même oublié son nom de baptême.

Habitué des persiflages, il se contenta de secouer la tête dans un soupir :

– Il sait ce qu'il fait.

La fusée lancée par l'optimiste tenancier retomba comme un pétard mouillé malgré l'effort inutile d'un client pour la maintenir en suspension :

– Tu veux dire comme pour les essais nucléaires ? Comme pour l'Europe ? Comme pour la pollution ? Comme pour les HLM ?

– Oui, ben t'aurais des enfants, tu penserais pas pareil.

– Qui a des enfants ici ?

La morosité retomba un peu plus fort sur les sept clients du jour dont aucun n'avait connu la brève euphorie parentale. Les commissures de Gérard rejoignirent l'arrondi de son menton. C'était pas un jour à discussion.

Et c'est le moment que choisit Crusonnier pour pousser la porte. Gérard lui serra le poignet par-dessus le comptoir avant de se rendre compte que le garagiste avait les mains nettes.

– Ne me dis pas que tu débrayes ? gloussa Gérard dans l'indifférence générale.

– Tu peux pas savoir ce qui m'arrive. Un Fernet Branca.

Gérard le servit puis s'accouda en attente.

Crusonnier ne but pas. Il s'abîma dans la contemplation du rebord du comptoir où une miette de croissant avait échappé au coup de torchon du taulier.

Gérard passa du coude droit menacé de crampe, au coude gauche. Crusonnier fendit la miette d'un coup d'ongle et écrasa les deux particules du pouce.

– Tu peux pas savoir ce qui m'arrive.

– Dis toujours.

– Tu peux pas savoir, j'te dis.

– Si tu le dis...

– Je te l'dis.

– Justement tu me le dis pas.

– Et mon Fernet ?

– Il est là.

Alors Crusonnier appuya son visage contre ses deux paumes ouvertes, ce qu'il pouvait exceptionnellement se permettre puisque pas une ombre de cambouis n'assombrissait son épiderme. Ses lèvres s'agitèrent sans grande réussite car les mots à peine formés s'étouffaient contre les coussinets replets des mains et Gérard alla se planter fermement en terrasse jusqu'à ce que Gabriel lève les yeux. Le cafetier espérait à tort distraire le poulpe de son humeur morose.

– Crusonnier a un problème ?

– Ses Polonais l'ont payé en zlotys dévalués ?

– Non, sérieux, je l'ai jamais vu comme ça. Je peux te l'envoyer ?

Gérard décida qu'un haussement d'épaules équivalait un acquiescement et, toujours débordant d'optimisme artificiel, alla annoncer à Crusonnier que Gabriel l'attendait.

Cette nouvelle ahurissante agit comme une giclée d'adrénaline sur le garagiste. En effet, Lecouvreur ne lui avait jamais dissimulé son antipathie, limitrophe du mépris annihilant. Il rejoignit la table du ronchon apathique et s'assit :

– Je sors du commissariat.

Gérard qui faisait semblant d'essuyer une table impeccable à proximité, tira aussitôt une chaise pour se joindre à la discussion.

– Je croyais que tu les arrosais les flics. Depuis le temps qu'ils te foutent la paix...

Crusonnier repoussa sa chaise :

– Écoute, les Polonais, je leur rends service et personne s'est jamais plaint...

– Évidemment, une fois rentrés chez eux avec leur bagnole pourrave...

Gérard posa un bras apaisant à droite, un bras dédramatisant à gauche et Crusonnier annonça alors d'une voix forte :

– J'ai tué un homme mais les flics croient qu'il est mort de froid.

À ce moment, *Chirac* lança à la cantonade qui n'en avait rien à cirer :

– Bon, ben je vais au coiffeur.

Et il sortit.

Gabriel qui ruminait encore une nuit sans sommeil sur le divan d'une fille qui n'avait pas envisagé une seconde qu'en parlant d'un abri pour la nuit, il faisait allusion à ses bras et pas à son clic-clac de dépannage, décréta tranquillement :

– Avec les remises de peine, t'es sorti dans dix ans.

Crusonnier devint tout rouge :

– Attends, je le connais même pas ce type. C'était un SDF. C'était un accident. Tout ce que je veux, c'est être sûr. Après tout, c'est peut-être pas moi. Quand je lui ai roulé dessus, il était protégé quand même.

Gabriel et Gérard échangèrent un regard. Le bistrotier alla chercher la réserve personnelle de Vlad derrière le comptoir, un alcool roumain de contrebande qui avait délié des langues collées aux gencives depuis des années. Il servit un petit verre au garagiste.

– Reprenons du début, déclara-t-il avec gourmandise.

3

Comme le vieux soleil est neuf à chaque aurore

Cheryl ajusta une dernière mèche des cheveux rares et mauve de sa cliente préférée.

La vieille dame, si menue qu'il fallait la jucher sur un gros coussin pour qu'elle se voie dans la glace, sourit à Cheryl. Il était difficile de ne pas sourire à Cheryl. Elle était comme ces intérieurs simples et rutilants qui vous en mettent plein les yeux pour pas cher, réjouissante. Ce matin, elle s'était tressé deux petites nattes, exactement comme Marylin sur une photo où elle jouait les clowns tristes. Sous sa blouse moulante, les élastiques dessinaient précisément le minuscule triangle de son slip noir. Elle portait des mules à talons et à pompons en plastique rose vif.

Elle tira la chaise de la vieille dame, lui tint la main jusqu'à ce que ses pieds touchent le sol. Le carillon de la porte retentit. Sans même se retourner, Cheryl dit :

– Bonjour *Chirac*. De plus en plus synchrone. Comment trouvez-vous notre mamie ?

La petite vieille dame dont les rides semblaient avoir cessé de se répandre faute de place, frêle oiseau au regard pervenche et extrêmement animé, en robe de tergal infroissable à col blanc et chaussures à lacets impeccablement cirées, fit face, avec un sourire mutin, à *Chirac* dont il faut rappeler qu'il approchait les deux mètres en chaussettes, qu'il pesait cent-dix kilos en slip, qu'il avait eu le nez cassé par un réverbère qu'il avait vainement tenté de traverser un soir de cuite, qu'une de ses paupières, mal recousue après avoir été arrachée par un chien auquel il avait disputé le contenu d'une poubelle débordante, lui retombait à moitié sur l'œil et qui s'entêtait à porter des pantalons patte d'éléphant, souvenir de la seule époque faste de sa vie, *Chirac* donc, la tendresse agrandissant son unique œil ouvert, répondit :

– Belle comme un soleil.

Chirac, docker à Saint-Nazaire, avait fait partie de la première charrette des chantiers navals. C'était un homme simple. Il n'avait jamais projeté son espoir au-delà du lendemain. Sans économie, sans vrai ami, ni vraie femme, il allait voir la même pute une fois par semaine, ce qui, contrairement à la rumeur, n'est pas une bonne méthode pour créer des liens, il était monté à Paris et lui qui avait été dans la bouteille jusqu'à la taille, s'y retrouva plongé jusqu'au cou. La mamie l'avait récupéré sous un porche où il s'était réfugié avec son litron de plastique.

Il fut le déclic d'une vocation. À l'époque, la mamie se contentait de faire à manger pour qui voulait et douze francs, dans sa cuisine en rez-de-chaussée. Elle louait ses quatre chambres en étage à des ouvriers solitaires et calmes. Elle avait commencé à travailler à douze ans et, pour elle, l'activité était une seconde nature. Placée dans cet hôtel du passage des Orgues, comme femme de ménage-femme de chambre, elle avait eu l'astuce de résister aux avances de son patron, autrement plus vieux qu'elle, jusqu'à ce qu'il l'épouse. Elle avait travaillé encore plus comme patronne, mais à la mort du blaireau, comme elle appelait gentiment son mari à cause de ses énormes fesses molles et blanches, elle avait hérité du petit commerce. C'était une femme qui savait ce qu'elle voulait. Restée seule, elle l'était restée, trop contente de pouvoir s'étaler en diagonale dans le grand lit sans rencontrer les chairs tièdes et flasques de son légitime.

Parvenue à l'âge de la retraite, elle avait vendu

les deux étages supérieurs, rencontré le futur *Chirac* et découvert sa vocation.

Elle hébergeait, jamais plus d'une semaine, et tâchait de requinquer, tout ce qu'elle trouvait comme loques humaines dans la rue. Reconnaissons qu'elle n'avait pas à chercher beaucoup. Les règles étaient strictes. Pas d'alcool, partage des tâches et entretiens à bâtons rompus avec la mamie qui avait découvert sur le tard que la vie des gens la passionnait. *Chirac* était resté comme le symbole de sa vocation. Elle lui donnait cent francs par semaine. La mamie n'était ni une prêcheuse ni une révoltée. Elle savait ce qu'elle avait à faire. La misère et le chômage, elle les acceptait, comme elle avait accepté les torgnoles, la faim et le froid pendant son enfance en Normandie.

En ce jour de semaine, le salon était vide. Cheryl demanda à sa nouvelle stagiaire, Nelly, de leur apporter des cafés. Et la mamie se jucha sur la pointe des pieds pour vérifier sa coiffure :

– Ça fait pas trop punk, le côté violet ?

– C'est juste un reflet mauve. Et franchement, je trouve qu'avant, le côté bleu, ça faisait ton sur ton, je veux dire avec les yeux. Non ? *Chirac*, qu'est-ce que vous en pensez ?

Chirac souffla d'embarras et Cheryl reçut des effluves de calva.

– *Chirac* est conservateur. Lui, ce qu'il préfère, c'est les cheveux blancs en chignon.

Nelly déposa le plateau africain sur la table roulante à bigoudis et déclara que le problème avec le café, c'est qu'il bouffait toutes les provisions d'adrénaline de la journée et qu'après on n'avait plus rien pour se défendre contre les agressions.

– Merci Nelly, dit Cheryl avec son sourire ravageur. Il faudrait mettre un peu d'ordre dans les couleurs, merci.

Les trois buveurs de café regardèrent en silence la très jolie jeune fille brune s'éloigner vers l'arrière-boutique et Cheryl rassura ses invités :

– Elle est gentille. Juste pessimiste. Et vos pensionnaires, mamie, comment ils vont ?

La mamie pencha la tête sur le côté, comme les oiseaux quand ils semblent écouter une voix intérieure et finit par dire :

– Bien. Mais c'est bizarre, vous savez. Mes gars devraient se méfier de tout le monde, après tous les coups qu'ils ont pris. Eh ben, c'est le contraire. C'est des gogos parfaits.

Elle se tourna vers *Chirac* :

– Tu sais Xavier, le nouveau, le p'tit jeune. Il était aux Tuileries quand un vieux saligaud lui a demandé de l'aider à chercher son portefeuille perdu derrière un fourré. Alors, gentil, Xavier fait le tour du fourré, le regard au sol, et quand il lève les yeux, il voit une grosse queue poilue sortir comme un diable de la braguette déboutonnée du satyre.

Sur ce, elle sirota son café à petites gorgées distinguées.

– Et alors ? interrogea Cheryl impatiente.

– Oh rien. Xavier lui a attrapé les couilles et il a tourné jusqu'à ce que ça bloque.

Chirac ferma son seul œil valide et serra discrètement les cuisses.

Le carillon retentit et Gabriel s'arrêta net en voyant la compagnie.

– Je vois qu'une journée laborieuse s'annonce ici. Je peux avoir un café ?

– Mets tes mains au bout de tes bras et va te le chercher, toi-même, répliqua Cheryl du tac au tac.

Gabriel accentua sa démarche naturellement simiesque et partit vers le fond en inspirant des petits « ouh » aigus, démonstration éclatante de la théorie darwinienne sur l'évolution.

Il vint se jucher sur le tabouret de la caisse, la tasse en équilibre sur la paume de sa main appuyée sur sa jambe droite posée en triangle sur son genou gauche soutenu par ses orteils en pointe.

– Alors ? interrogea gracieusement Cheryl. T'as déjà fini ton *Libé* ?

L'amertume de Cheryl était compréhensible. La veille, comme elle lui tripotait la nuque et les oreilles dans des attouchements suggestifs, il avait sorti son sourire de puceau effarouché et décrété que la prochaine fois elle aurait aussi vite fait de lui passer la tête dans la friteuse. Tout ça parce que ses doigts sentaient légèrement la végétaline.

Elle lui avait balancé que, des fouille-merde puants comme lui, y'en avait plein les rues, mais que des petites coiffeuses blondes avec des chambres roses, c'était déjà plus rare et qu'elle n'avait eu aucune arrière-pensée en lui décrassant les conduits auditifs, premier mensonge, que d'ailleurs elle avait rencard ailleurs, deuxième mensonge et qu'elle n'était pas sûre de rentrer seule, vœu pieux, qu'il ne s'inquiète pas de faire la vaisselle, la porte était tout de suite à droite après la cuisine.

Du coup, elle s'était forcée à sortir. Elle était allée dans un hangar dansant à Montreuil et elle avait flashé sur un Jamaïcain avec une coiffure sublime de tresses et perles de couleur qui lui avait dit qu'elle sentait bon la France profonde, ce qui aurait dû lui mettre la puce à l'oreille. Elle l'avait emmené dans sa chambre rose, et quelques heures plus tard, tout en se rhabillant, il avait des yeux mystérieux comme des lacs et une bouche ironiquement dessinée, très gentiment, il lui avait expliqué qu'il valait mieux qu'ils ne se revoient pas, il était pas snob mais son père était diplomate et les shampouineuses... Bref, Cheryl en avait gros sur la patate, vapeur, frite, broyée, pulvérisée ou violemment hachée.

Gabriel déposa sa tasse vide sur le plateau, sourit à la mamie, prolongea vers Cheryl son sourire qui se figea soudain tandis qu'il revenait rapidement à la vieille dame. Il s'exclama :

– T'as changé les néons ou quoi ?

Les trois le regardèrent interloqués.

– On jurerait que mamie a les cheveux violets.

Entre ses dents serrées, Cheryl lui intima d'aller l'attendre en haut et, si possible, qu'il y arrive avant ses jambes.

4

Endormi, j'étais roi ; rien de tel au réveil.

Quand Cheryl poussa la porte de son appartement, point de trace du Poulpe. Méfiante, elle l'appela et, pénétrant finalement dans sa chambre bonbonnière, découvrit une longue asperge à poils roses gesticulante, c'est-à-dire que l'asperge avait des membres, même si le plus important de tous était caché quelque part à l'intérieur du couvre-lit à poils angora synthétique qui habituellement recouvrait le méga-lit, Cheryl aime ses aises.

– Gabriel, je ne te reconnais plus.

Puis, quand il eut laissé apparaître le profil de son grand nez tout en maintenant une pose égyptienne, elle ajouta :

– Là, si.

Et ils jouèrent un moment, de dos, genre tente indienne, « là non », une jambe infinie montée en cancan sans souplesse, « là si »... jusqu'au fameux membre émergeant, solitaire et obscène, de la fourrure synthétique, s'attirant un « oh le mimi petit mini riquiqui de rien du tout », qui mit fin à la rigolade et Gabriel drapé à la Socrate, à qui le rose aurait ma foi fort bien convenu, se lança dans une petite maïeutique à sa façon :

– Devine qui a loué mes services ?

– Celui-là n'est même pas encore une lueur dans l'œil de son papa.

– Qui m'a engagé si tu préfères.

– Crusonnier.

Soufflé, Gabriel laissa choir le couvre-lit comme une vieille chenille accablée.

– Tu sais que tu es gonflante quelquefois.

Un regard précis dubitatif de la dame acheva son effet opposé sur le pauvre Poulpe.

– Qui te l'a dit ?

– Ton air triomphant. C'est le seul mec du quartier que tu peux pas piffer.

– Rien ne peut entamer mon plaisir. Je vais le faire casquer sans avoir besoin de lever le petit doigt.

Il se tut et, en bas, le carillon du salon de coiffure retentit.

– Merde, une cliente. Allez, dis vite.

– Il est passé sur un SDF avec sa voiture.

– Quelle horreur !

– Mais non, il l'a pas tué. Au vu de sa description, il est clair que le type était déjà mort, en pleine *rigor mortis*, raide comme un authentique macchabée. Pour une fois que Crusonnier sent le souffle du vent de l'aile de la conscience effleurer son cœur en trompe-l'œil…

– Qu'est-ce qu'il a fait du corps ?

– Les flics l'ont embarqué.

– Mais alors ?

– Crusonnier leur a rien dit, alors eux non plus. De toute façon, ils s'en foutent.

– Comme toi. Hein ? Un clodo qui meurt sur le trottoir, c'est normal. Pardon un SDF, comme on dirait Gabriel ce TDC, ou ce NTM ou ce RAF, pardon trou du cul, nique ta mère, rien à foutre.

– Hé oh du calme. Je suis pas responsable de la misère du monde non plus.

– Toi et Fabius.

– Cheryl, surveille ton langage.

Sur ce, la voix sinistre de Nelly retentit dans le petit escalier.

– Mademoiselle Cheryl, c'est madame Lambert.

– Décidément, c'est mon jour. Je ne sais pas ce que vous avez tous…

Embêté et empêtré dans l'immense couvre-lit hollywoodien, Gabriel réussit à déployer sa grande carcasse jusqu'à sa belle amie et d'une voix douce :

– Je m'en fous pas. Et je vais me renseigner,

figure-toi. Tel que tu me vois, je suis en route pour l'institut légal. Alors excuse-moi, mais j'ai des petits moyens, alors je résous des petits problèmes. Les gros, les vrais, je sais pas plus les régler que toi ou la mamie.

Cheryl rata sa sortie en se tordant le talon avec sa mule dérapante mais se retourna quand même en haut de l'escalier, index tendu vers l'acrylique rose :

– Je te le prête si t'as rien d'autre à te mettre.

Dans l'escalier, elle se heurta à Nelly qui n'avait pas perdu une miette de la conversation :

– Je vous appelle Nelly, alors ne m'appelez pas mademoiselle.

– Vous avez raison, à votre âge, c'est pas la peine d'enfoncer le clou.

– C'est pas ce que... Bon, allez faire le shampoing de madame Lambert avec un petit massage. En douceur le massage, hein Nelly ?

5

Et de la faux du temps, rien ne peut te défendre

Gabriel poussa la porte doucement et s'immobilisa malgré lui, saisi par l'odeur de formol et de pourriture douce. Le cadavre d'un vieil homme, cage thoracique ouverte, reposait sur une des tables. Plus loin, une forme se dessinait sous un drap blanc. Une blouse blanche penchée sur la troisième table ouvrit la bouche d'un adolescent mort. Une voix à l'accent chantant du midi annonça un plombage à la deuxième molaire supérieure droite et, soulevant la nuque, précisa que la rigidité cadavérique indiquait que la mort remontait au moins à trente-deux heures avant l'examen. Ensuite, de la pointe de son scalpel, le médecin ouvrit le torse par le milieu. Gabriel toussota. La blouse blanche s'interrompit, ficha son outil dans le haut de la cuisse du cadavre, se retourna, aperçut Gabriel, s'approcha de lui, écartant les mains prises dans des gants de latex et vint lui déposer un baiser sur la joue. C'était Martine Tranchant, son nez retroussé, ses taches de rousseur et sa bouche asymétrique, rien que de la chair vivante et chaude, trouée aux seuls endroits nécessaires à la vie.

– Le Poulpe ! Quel bon vent t'amène ?

– On peut toujours fumer ici ?

– Avec moi, pas de problème. Je suis ravie de te voir mais si tu as un problème particulier, vas-y, parce que je suis seule et débordée là.

– On a dû vous amener ce matin un…, un S…, un…, un mort.

Tout à coup il ne savait plus comment dire. Cheryl lui avait foutu des complexes.

– Tu veux dire un vrai mort, qu'on n'a pas eu besoin d'achever ?

Gabriel précisa que c'était un type qu'on avait trouvé sur le trottoir, rue Notre-Dame-de-Nazareth.

– Le Polonais ? Tu le connais ?

– Il est Polonais ?

– Était. Oui, d'après son passeport en tout cas. Pas de permis de séjour. Un ami à toi ?

– Non, non. C'est juste la cause de sa mort qui m'intéresse.

– Ben, moi aussi figure-toi. Dose massive d'insuline dans le sang.

– C'est ce que prennent les diabétiques, non ?

– Oui, sauf qu'il était pas diabétique.

– Un assassinat alors ?

– En tout cas, il avait pas de seringue sur lui. Et puis l'insuline, c'est sur ordonnance. Enfin, ça, c'est pas mon rayon. J'ai assez à faire comme ça.

– Il est là, ou tu l'as déjà rangé ?

Martine indiqua du menton une table de dissection au fond de la pièce.

– Je peux ? demanda le Poulpe.

– Tu es ici chez toi, sourit Martine.

Gabriel souleva le drap et découvrit un beau visage, pommettes hautes, œil fendu, large bouche béant sur des dents mal soignées. Les bras étaient repliés sur la poitrine, une main fermée en poing. Gabriel la força facilement à s'ouvrir et y découvrit une petite perle noire. Il l'empocha discrètement et retourna saluer Martine qui secouait la tête tristement :

– Dommage quand même. Un beau garçon, en pleine santé. Encore un qui a trop rêvé sur la France, terre d'accueil !

– Bon, merci Martine.

– Merci pour rien. T'as crédit ouvert dans la maison.

Qu'est-ce qu'elles avaient toutes à faire dans le social aujourd'hui ? se demanda Gabriel en descendant dans le métro, contournant pour ce faire un type à la peau cendrée qui était à moitié couché, jambes repliées sur la moitié d'une marche, un mouchoir à carreaux posé sur le sol. Devant le tourniquet, une jeune fille en jeans lui proposa aimablement *Faim de Siècle*. Dans le wagon, un très mauvais saxo tonitruait un air de veillée funèbre pendant que les passagers s'efforçaient à la normalité, sourcils très froncés sur un mots croisés, lecture détaillée de *L'Équipe*, regard absorbé par le noir de la vitre. Seul un enfant dévisageait de son regard indéchiffrable le musicien dévastateur qui tirait à lui sans ménagement un boléro récalcitrant. L'enfant décréta d'une voix claire et naturellement musicale que le bruit lui cassait les oreilles. Sa mère le fit taire et Gabriel décida de finir son trajet à pied.

Il entra au Pied de Porc comme on retrouve un paysage familier, leva le pied pour épargner Léon et se rattrapa de justesse au poteau car, quand on évite un obstacle inexistant, on tombe. Léon, assis en chien sage sous le comptoir, laissa filer un regard sournois, sa vengeance accomplie.

– Une Mort Subite, Gérard. Maria, où est Maria ? J'ai faim. Alors, le plat du jour, Gérard ?

Vlad faufila son visage si aiguisé qu'il avait l'air d'un profil même de face. Un peu plus bas un hachoir tenu d'une main ferme fendit l'air :

– Aujourd'hui, c'est moi qui cuisine le poulpe.

Gabriel se tourna inquiet, vers Gérard :

– Qu'est-ce que je lui ai fait ?

– Mais rien. Il fait du poulpe. Du vrai poulpe, une recette à lui.

– Et tu lui laisses les fourneaux ? C'est du suicide. En Roumanie, les Roumains mangent du roumain parce qu'ils ont pas le choix mais toi, tu as le choix, Maria a le choix et tes clients aussi.

– Attends, y'a de la blanquette aussi.

– Et du poulpe roumain !

– Ça lui fait plaisir. Merde ! Mets-toi à sa place. C'est dur l'exil.

– Un, maintenant il peut y retourner comme il veut chez lui. Deux, après dix ans, il y a prescription et trois, c'est pas une raison pour faire sa tambouille chez moi, je veux dire chez toi.

Le silence s'abattit en chape sur la colonne vertébrale de Gabriel. Il se retourna. Les dix clients qui occupaient les tables et Léon le dévisagèrent avec le même regard que l'enfant du métro.

Gabriel pensa : «Soit je tourne pas rond. Soit le monde tourne pas rond. Il faut trancher.»

Mais avant de pouvoir trancher, sa pensée fut interrompue par l'arrivée de Maria, un chignon tout neuf élevé sur sa tête comme une cathédrale de boucles, reliées en accroche-cœur les unes aux autres. En dessous, Maria souriait de partout et toute la salle fit une ovation, plus à la dame et à son plaisir, qu'à la coiffure qui tanguait dangereusement à chaque pas.

Quand elle fut à quelques centimètres, Gabriel sentit ses tensions fondre l'une après l'autre et c'est très sincèrement qu'il lui troussa un petit compliment. Maria lui coupa la parole :

– Gérard t'a dit ?

Gérard tourna lentement la tête vers la rue :

– Je ne parle plus à ce monsieur.

Maria haussa les épaules : que Gérard n'hésite pas à lui faxer la nouvelle quand il aurait décidé de grandir.

Ensuite elle fit un résumé à Gabriel des nouvelles qui sillonnaient le quartier depuis le matin. Le mort de Crusonnier, c'était Rétrovsitzec, un Polonais. Il habitait chez la mamie qui, fidèle à sa règle, l'avait viré la veille car son séjour était arrivé à sa limite maximale de huit jours. La mamie se sentait responsable, en était malade. *Chirac*, comme chaque fois qu'il parlait, c'était une fois de trop, en voulant la remonter, l'avait achevée avec des phrases du genre : *Mourir, c'est dormir, rien de plus, à part qu'on sait pas si le sommeil de la mort, c'est avec ou sans cauchemars. Tout le problème est là. Sinon, personne s'amuserait à jouer les prolongations.*

Gabriel fit un drôle de bruit avec sa gorge et dit :

– On dirait du Shakespeare.

– Non, non, dit Maria, c'est du *Chirac*. Il parle peu mais quand il parle, qu'est-ce qu'il peut dire comme conneries.

5

Las de voir que mérite est né pour mendier
Que sont honteusement répartis les honneurs
Que le pouvoir boiteux mutile la valeur
Que par l'autorité l'art a langue liée
Que la bonne foi simple est simplesse nommée
Et que le bien captif est du mal le servant

Chez la mamie, c'était bondé mais ça sentait bon, les odeurs du fourneau repoussant avec succès les effluves insistantes de la clientèle. *Chirac* vira sans ménagement un vieil édenté barbu comme un père Noël décati, qui faisait durer abusivement son petit pot de crème au gingembre.

Gabriel déposa un billet de vingt francs sur la table. On payait en entrant, ici, et se réjouit en voyant arriver une salade de champignon au parmesan. La mamie ne se moquait pas des pauvres.

Son astuce avait été de faire de sa soupe populaire de luxe, un club privé. C'est elle qui choisissait sa clientèle. On n'avait pas le droit de refiler l'adresse sans sa permission. Et seuls les hommes étaient admis. Parce que son premier rescapé avait été un homme et qu'elle ne voulait pas des embrouilles de la copulation. Donc, ni femmes, ni enfants et pour les repas, une clientèle payante de quelques amis triés.

Gabriel demanda discrètement à *Chirac* comment la mamie tenait le coup.

Chirac répondit que *le chagrin caché est comme un four fermé qui fait cramer le cœur.*

– Tu deviens poète, *Chirac*, ou c'est une citation ?

Chirac rougit et marmonna qu'on n'avait pas besoin d'être auteur pour apprécier les bonnes formules.

Puis il s'éloigna, impénétrable et mystérieux et Gabriel tailla une bavette avec son voisin de gauche, un certain Xavier, jeune et joli comme un cœur, sourire déchirant, qui lui expliqua qu'il en avait eu marre d'être maltraité par son beau-père avec la complicité active de sa mère et qu'il était monté à Paris où, jusqu'à la mamie, il n'avait rencontré que des équivalents de son beau-père, à croire qu'il attirait ça, qu'autrement il savait rien faire et qu'il avait pas envie de grand-chose. Si, une petite baraque à frites peut-être, au bord de la mer. Bon, faut pas rêver. Et Gabriel ? Il galérait depuis longtemps ?

Gabriel essaya de dire que non, ça allait, il habitait à l'hôtel…

Xavier soupira. C'était dur l'hôtel.

Gabriel n'osa pas dire que lui, l'hôtel, c'était un choix.

Xavier lui demanda où il faisait la manche et Gabriel répondit que non, il faisait pas la manche et Xavier le regarda avec admiration, parce que lui, vendre les journaux, il avait jamais eu le courage. Aller chercher les exemplaires, tout ça... Non, avec le RMI, et le métro, il s'en sortait. Évidemment ce qui était chiant avec le RMI, c'est qu'il fallait faire la queue alors quelquefois il y allait pas, ou en retard et la bureaucratie, ça rigole pas. Enfin, bon, c'est pas lui qui allait changer le monde.

Pendant que cette conversation revigorante prenait place, la cuisine s'était progressivement vidée et la mamie put s'asseoir en face de Gabriel pendant que *Chirac* finissait de débarrasser, aidé de trois handicapés sociaux. La vaisselle était prudemment en plastique.

Elle dut demander trois fois à Xavier d'aller filer un coup de main à ses aînés et quand il eut enfin bougé son cul, elle soupira :

– Il a pas été élevé, ce gamin-là. J'essaie de lui parler mais il est comme un extra-terrestre. Il a un visage d'ange. Et du coup il attire les démons.

Sans autre commentaire, Gabriel aborda franchement la question du décès inopiné du Polonais.

– Vous savez, je me suis juré, il y a longtemps, de ne pas m'attacher à mes oiseaux de passage. Il était si seul, Rétrovsitzec. Il connaissait personne. Il n'avait plus de famille. J'espère au moins qu'on l'enterrera dans son pays.

– Il va y avoir une enquête d'abord, même si les flics font pas de zèle. Crusonnier n'y est pour rien.

Le Polac était mort avant d'être déposé à sa porte.

La mamie pâlit :

– De froid ?

– Non, non. Quelqu'un l'a aidé à mourir. On lui a fait une piqûre d'insuline.

– C'est la police qui vous l'a dit ?

– Non, la dame qui a examiné le corps. Écoutez, mamie, n'y pensez plus. Vous faites beaucoup plus que la plupart des gens. Dites-vous que son heure était venue.

– J'aimerais être aussi sage que vous, Gabriel. Ou qu'Arafat. Sa femme raconte qu'il a jamais peur, contrairement à elle, parce que l'heure de sa mort est écrite et qu'il ne peut pas la changer. Bon, je vais aller faire ma sieste. Merci d'être venu.

Chirac, soucieux, vint aider la mamie à se lever. Gabriel se leva à son tour et entoura la frêle dame de ses grands bras. Il la sentait palpiter comme un oiseau blessé. Elle avait du chagrin, c'est sûr. Malheureusement il n'y pouvait rien, ni lui, ni Allah.

6

Chacun a les plaisirs propres à sa nature

Madame Lambert examinait sa nuque dans la glace grâce à un miroir à main. Son visage renfrogné aurait annulé la plus seyante des coiffures. Et chaque fois qu'elle quittait son reflet, son regard montait instinctivement vers l'adorable minois rond et fossette de Cheryl qui, même lorsque l'impatience lui rongeait la bonne humeur, gardait une joliesse et une fraîcheur qui contrastaient agréablement avec les traits tendus et revêches de sa cliente.

– Vous m'en avez coupé beaucoup trop.

– Un centimètre, pas plus.

Le pied de Cheryl battait le sol de plus en plus vite. Madame Lambert aurait dû se méfier.

La bouche étirée et mince, madame Lambert reposa le petit miroir et commença à faire bouffer le dessus, à aplatir les côtés de ses cheveux.

– Non, vraiment, ça me, ça me…

Inclinant la tête avec une expression de grande attention et de grande sincérité, Cheryl interrogea :

– Débecte ? Révulse ? Exècre ? Je comprends. C'est tellement vous, cette coiffure, c'est tellement ce vomissement de vous-même qui vous caractérise et autour duquel j'ai brodé, mais effectivement, j'ai eu tort…

Petit pschitt d'eau sur la frange, sur la nuque et Cheryl inonda la tête de madame Lambert, lui aplatissant les mèches en casque sur le crâne, alors qu'elle s'était donné un mal de chien pour compenser l'abrupt à-plat par un volume adoucissant…

– Voilà, poil ras, poil plat, luisant comme un rat. C'est une affirmation radicale de votre personnalité.

Elle tira la chaise de sa cliente, lui retira sa blouse nylon d'un geste vif, appela :

– Nelly ! Non, pas vous Sylvie. Nelly, le vestiaire de madame Lambert.

La cliente, enfantine dans la défaite, se regardait dans la glace, l'œil noyé, en répétant :

– C'est ce qu'on appelle un massacre, un massacre, un massacre.

– Au revoir madame Lambert, Nelly vous encaissera. Si elle peut.

Nelly approcha, exquise miniature, que seul un ratage complet comme celui-ci pouvait illuminer de joie.

Elle tendit le manteau ouvert à la cliente et lui glissa d'un air complice :

– Le secret des coupes de Cheryl, c'est dans le mouvement qu'elle leur donne au séchage. Pas de mouvement, plus de coupe. C'est irrécupérable parce que le cheveu va reprendre son mouvement naturel vers le bas. Sinistre. Et dans deux jours, ce sera pire. Voilà, deux cent cinquante francs. Je ne vous compte pas le brushing, bien sûr.

Tête basse, madame Lambert approcha de Cheryl qui arrêtait un séchoir brûlant sous lequel une jeune femme cramoisie souriait nerveusement.

– Je pourrai revenir, dites ?

– Bien sûr. Mais, il va falloir faire plus d'efforts.

Madame Lambert hocha la tête.

– Vous me comprenez ?

– Oui, Cheryl.

Cheryl rejoignit Sylvie derrière les bacs de shampoing.

– Il faudrait que j'apprenne à être gentille avec elle. Elle adore être humiliée. Au fait, Sylvie, si une cliente devient subitement rouge, avec l'œil exorbité et un bout de langue qui pointe au coin de la bouche, c'est que…

Sylvie paniquée par le ton d'examinatrice de sa patronne, resta coite.

– C'est que le séchoir… souffla Cheryl.

– Marche ! s'exclama Sylvie triomphante.

– Bon, alors je vais simplifier. Jamais au-dessus de cinq le thermostat. D'ac ?

Puis Cheryl tapa dans ses mains et demanda l'attention des cinq clientes dont l'une lisait l'unique exemplaire de *Paris Match* sous l'œil plein de convoitise des quatre autres. Elle avait décidé de faire une enquête de proximité sur le comportement des Françaises face à la mendicité.

La très cuite décréta qu'elle donnait une pièce de dix francs par jour au premier venu. Une deuxième affirma qu'elle donnait ou pas selon son humeur, selon son instinct, plus facilement aux vieux qu'aux jeunes, jamais à ceux qui trimballaient leurs enfants. La troisième dit qu'elle était contre la charité et qu'elle ne donnait jamais, de toute façon ils touchaient tous le RMI, ça devenait un mode de vie. Une quatrième dit qu'elle donnait dix francs par jour mais à coup de un franc et enfin la cinquième dit qu'elle achetait *Le Réverbère*, uniquement et toujours au même vendeur avec lequel elle bavardait régulièrement.

Puis Cheryl demanda qui connaissait le Polonais mort et la dame qui achetait *Le Réverbère* dit qu'elle l'avait vu revenir de Rungis avec la mamie et qu'il était drôlement beau avec cet air triste des Slaves. Et la cramée dit qu'il en avait aussi la fierté : un jour elle lui avait proposé de l'argent et il l'avait refusé.

À ce moment, madame Lambert qui était restée à la porte, levant la tête comme la vieille fée oubliée dans *La belle au bois dormant*, siffla que, les pauvres, l'état devrait les enfermer dans des hôpitaux où on les rééduquerait, les pauvres Français bien sûr. Les autres, qui piquaient même l'aumône aux autochtones, c'est pour ça qu'elle ne donnait jamais, trop de filous, plein de riches déguisés et d'étrangers parmi eux, s'ils ne voulaient pas partir de leur plein gré du territoire, elle n'avait pas peur de choquer en disant ça, il fallait les éliminer.

– Et vous avez un mari médecin, madame Lambert…

– Oh, mais il pense comme moi. La vie est difficile pour tout le monde. On n'en peut plus de toute cette misère qui voudrait nous faire honte parce qu'on est plus courageux qu'eux. On n'a pas peur de travailler.

– Vous travaillez madame Lambert ?

– Oui, je travaille. Je tiens la maison, j'élève les enfants. Je mériterais le salaire maternel vous savez.

– Vous seriez pas un peu Front National sur les bords, madame Lambert ?!

– Cheryl ! J'ai toujours voté socialiste. Ça ne m'empêche pas d'être réaliste. Vous savez, mauvaises réponses peut-être mais bonnes questions.

Cheryl attrapa facilement l'omoplate de la dame qui était anguleuse, ouvrit la porte, découvrit *Chirac*, le cheveu lissé à l'eau, son pantalon rose pâle fraîchement repassé, écarta madame Lambert pour laisser entrer le nouveau venu, avant d'expédier sa cliente indésirable vers le trottoir, d'une poussée ferme dans le bas du dos.

– Pardon, balbutia *Chirac*, j'arrive trop tôt.

– Non, c'est elle qui part trop tard.

Le malabar lança un regard de convoitise vers l'escalier et demanda :

– On peut monter ?

– Allez-y. Je vous rejoins. Mettez-vous à l'aise en m'attendant.

Nelly et Sylvie échangèrent un regard malicieux. *Chirac* rougit. Cheryl sourit.

7

Ah que mes livres donc me servent d'éloquence
Et qu'ils soient de mon cœur les muets messagers

Crusonnier, le doigt appuyé sur un bouton, regardait machinalement descendre le monte-voiture qui lui amenait un véhicule. Son garage était aussi folklorique qu'un jouet d'enfants.

Évitant de regarder le Poulpe, il marmonna sans conviction :

– Merci, tu me soulages d'un gros poids. Tu me diras combien je te dois.

– Mille balles.

Crusonnier en lâcha le bouton. Le monte-charge s'arrêta. Quelqu'un, à l'étage, gueula et Crusonnier rappuya.

– Mille balles pour une demi-journée de travail !

– Mille balles pour dix ans d'expérience.

– Remarque mille balles pour retrouver le sommeil…

– C'est pas cher payé, on est d'accord. Et en liquide bien sûr.

Crusonnier leva un sourcil.

– Tu payes tes impôts, toi ?

– Tu déclares ta main-d'œuvre, toi ?

Crusonnier monta dans la voiture et la fit rouler jusqu'au pont. Le Poulpe alla s'enrouler autour du poteau le plus proche :

– Et d'ailleurs, Rétroviseur, il avait déjà travaillé pour toi, Il a le profil, non ? Pas de papier en règle, désespéré, costaud…

– Ça fait un bout de temps que je prends plus de Polonais, lâcha Crusonnier à contrecœur. Avec ma clientèle…

– Je comprends, ils pourraient se faire des confidences… Allez, salut. Je vais voir ta femme pour les mille balles ?

– Déconne pas. Elle serait capable de me tuer. Tiens…

Sa main noire s'enfila sous son bleu et extirpa une liasse de billets de deux cents francs usagés. Il en compta cinq soigneusement et trois fois de suite, ce qui n'en fit pas quinze pour autant.

Gabriel les enfourna en vrac dans sa poche, puis faisant mine de se baisser pour ramasser quelque chose, il présenta au garagiste la petite perle noire :

– C'est à toi, ça ?

Le garagiste jeta un coup d'œil rapide :

– Un grain de chapelet, t'es malade ou quoi ?

Vexé, Lecouvreur rempocha la perle. Un grain de chapelet ! Il ne s'en était même pas douté. C'était logique. Un Polonais, catholique, voire superstitieux. Il avait bien fait de s'y cramponner à son porte-bonheur !

Il leva une main sur le front en signe de salut et quitta le garage. Il remonta la rue Notre-Dame-de-Nazareth. Il avait du mal à avaler que le hasard seul ait collé un Polonais mort devant chez Crusonnier. C'est pour ça qu'il avait évité de mentionner l'insuline. Il l'avait juste rassuré : la mort était antérieure au passage de la voiture. Crusonnier s'en était satisfait, comme soulagé de ne pas entendre autre chose.

Gabriel décida d'emmener Cheryl dîner au Richelieu qui, comme son nom ne l'indiquait pas, était un bistrot polonais dont le patron était un copain.

Rue du Vertbois il croisa le patron d'un restaurant chic et cher, qui, en veste de coton blanc de travail, une assiette couverte à la main, entrait dans l'immeuble dont il était propriétaire. Dès qu'il aperçut le Poulpe, il se mit à susurrer, « Minou, Minou, où es-tu mon petit Minou », lequel Minou, comme personne ne l'ignorait, était sa maîtresse du moment, une vendeuse de fringues en gros qui l'attendait dans sa chambre pour une petite gâterie rapide, le vieux avait quand même plus de soixante-dix berges et assurait mieux, paraît-il, en cuisine qu'en chambre.

Gabriel vérifia que le marché des Enfants Rouges était toujours fermé, dépassa le Cirque d'Hiver et longea le boulevard Beaumarchais jusqu'à la rue Pelée.

Il poussa la porte du salon.

Sylvie qui laquait une cliente, se retourna d'un mouvement brusque et dirigea son jet en direction de Nelly qui avait arrêté de balayer pour fixer sa camarade d'un air interrogateur, lequel se transforma en regard de noyée quand elle eut reçu la giclée en pleine poire.

Un petit monsieur à moustaches qui regardait, consterné, ses cheveux hérissés au gel dans la glace, profita de la confusion pour disparaître dans les toilettes.

Nelly se mit à crier qu'elle était aveugle, d'ailleurs elle n'y voyait plus rien. Du coup Sylvie laissa tomber la bombe de laque sur le pied de sa cliente qui reposait ses orteils douloureux hors de leur étroit escarpin. Par malchance, l'angle de la bombe atteignit précisément le cœur vulnérable du cor qui bourgeonnait et la cliente se mit à glapir.

– Passe-toi les yeux sous l'eau, tout de suite. Et vous, ne bougez pas, ajouta Sylvie à l'attention de Gabriel qui, médusé, n'esquissait pas le moindre mouvement.

Il demanda très naturellement où était Cheryl.

– En haut, hurla Nelly, de sous le robinet d'un bac à shampoing.

– Ne l'écoutez pas, s'exclama Sylvie.

Le petit monsieur sortit alors des toilettes, dégoulinant d'eau et penaud. Il annonça qu'il n'arrivait plus à arrêter le robinet.

– Vous vous êtes mouillé les cheveux ? demanda Sylvie d'un air sévère.

Le monsieur se mit à bafouiller que les petites mèches, le gel, le côté hérisson, il était pas sûr, il voulait pas déranger...

Une flaque inexorable apparut sous la porte des toilettes.

Gabriel bondit jusqu'à la caisse, ouvrit un tiroir, en sortit une clé anglaise qu'il brandit. Le monsieur leva un bras d'enfant battu en inspirant un grand coup et manqua s'étouffer sur l'afflux liquide. Gabriel ignora cette petite tragédie individuelle pour parer au problème plus général. Il fila dans les toilettes d'où des bruits violents et affreux émergèrent, bientôt suivis par le Poulpe trempé qui se passa l'avant-bras sur le front.

– Tout va bien, quoiqu'à vau-l'eau, annonça-t-il. Je reprends. Où est Cheryl ?

– Elle... commença Nelly.

– Arrive tout de suite... compléta Sylvie.

– Je vais me sécher, conclut Gabriel.

Sylvie tenta en vain de l'arrêter, empêchée par Nelly qui, ayant retrouvé la vue, l'envoya valdinguer en douceur sur un bac à bigoudis qui se répandirent en confettis multicolores sur le sol.

Dans le soudain silence, on n'entendit plus que l'étrange bruit de succion des semelles de Gabriel dans l'escalier. Il fit irruption dans le salon boudoir de l'appartement et s'arrêta net.

Cheryl, juchée sur un tabouret, secouait, de ses frêles forces, la grande carcasse de *Chirac* :

– T*u me l'accordes, porc-épic. Alors que Dieu te damne pour ce crime horrible. Oh, il était bon, doux et vertueux.*

Articulant chaque syllabe, *Chirac* dont la voix tremblait à cause des secousses infligées à sa personne répondit :

– *Un cadeau de choix pour le Seigneur qui l'a accueilli au ciel.*

– *Il est au ciel, c'est sûr, où tu n'iras jamais.*

– *Alors, remercie-moi qui l'y ai expédié. Il y est plus à sa place que sur terre.*

– *Ta place à toi est en enfer.*

– *C'est exact à une exception près.*

– *Une oubliette.*

– *Non, ton lit.*

Chirac se retourna, pointa vers la porte, découvrit l'arrivant et s'écria :

– C'est pour de faux !

L'immense *Chirac*, avec sa voix douce, son articulation enfantine, rouge, suait à grosses gouttes, cramponné à une liasse de feuillets manuscrits et Cheryl, échevelée, œil dilaté, bouche béante, hurlant comme une furie, sauta de son tabouret :

– C'est bien le problème, *Chirac*, pour vous, c'est toujours pour de faux. Si vous n'y croyez pas un peu, on n'avancera pas. Il pleut ? demanda-t-elle à Gabriel.

– Non une fuite dans les chiottes en bas.

– Oh merde. Ben va te sécher. Bon, on va essayer un monologue, ça sera plus facile. La scène où tous les gens qu'il a assassinés reviennent en fantômes et où il découvre le remords.

– Mais l'amour ?

– L'amour c'est ce qu'il y a plus de dur. On y viendra après. En plus, j'ai pas encore tout le texte. Je vais voir le merdier en bas moi.

Chirac lança d'une voix faussement décontractée :

– Bon, ben, faut que j'y aille.

N'y comprenant rien, Gabriel alla se déloquer dans la chambre et se frotta énergiquement avec une serviette rose bonbon. Ce vigoureux étrillage le décida à tenter le coup et il resta nu. Bien lui en prit car Cheryl avait eu la même idée. Elle le rejoignit dans la chambre, vêtue de ses seules mules.

– Sans la langue, lança-t-elle d'un air boudeur à Gabriel que ça arrangeait parce qu'il avait pas beaucoup de temps. Et comme Cheryl était pressée aussi, leur petite affaire expédiée, ils prirent la douche ensemble et c'est là qu'elle lui annonça la nouvelle : *Chirac* était amoureux, éperdument, incapable de se déclarer et pour le décoincer elle lui faisait travailler des scènes de théâtre.

– *Chirac* amoureux ! C'est génial ! De qui ?

– Écoute, c'est son secret. Apparemment il n'a pas d'espoir. Il veut juste, un jour, pouvoir lui dire, c'est tout.

– En Shakespeare ? Vous êtes cinglés ! Et d'où tu connais Shakespeare, toi d'abord ?

– Ben, du salon. J'ai des auteurs dans ma clientèle, figure-toi.

– Non, sérieusement.

– Sérieusement. Je te présenterai.

8

Tu reconnais en moi ce moment de l'année
Où pendent aux rameaux qui tremblent dans le froid,
Chœurs nus et délabrés, quelques feuilles fanées,
Où des oiseaux naguère on entendait la voix.

Un brave vaisseau, genre bateau de pêche, ventru, costaud, sans manière, pas très beau mais vaillant, descendait le boulevard Saint-Martin à contre-courant. Il gîtait dangereusement puis soudain, redressait la barre et après un brève suspens vertical, gîtait à nouveau, à gauche cette fois. La foule s'écartait machinalement. Les réactions allaient du sourire ironique de ceux pour qui la cloche est un folklore pittoresque, à la grimace de dégoût, en passant par la simple irritation de voir la marche inexorable vers le journal de vingt heures retardée. Et si on ratait le direct inattendu avec le bébé au bras arraché, pris dans les sables mouvants sous le regard impuissant de sa mère paralytique ? Et si demain on se retrouvait à regarder les autres se raconter mutuellement ce qu'ils avaient tous regardé, exclus inexorablement de la chose publique ?

Certains ne voyaient même pas le vieux démâté qui allait pour aller comme il l'avait fait toute sa vie. On avance, on sait pas où, mais faut bien et quand on se pose, c'est pour ramasser la force de repartir un coup. Oh, c'était pas un sédentaire. Il portait un pantalon marron raidi par la graisse, recouvert en partie d'une espèce de robe enroulée autour des cuisses et, sur le blouson au col déchiqueté, il avait drapé une grande couverture à laquelle il se cramponnait des deux mains. Son visage avait une teinte marronnasse sans qu'on pût dire si c'était un teint naturellement basané ou l'effet des couches de crasse sous lesquelles disparaissaient les traits de sa physionomie. L'iris, dans son œil, filait régulièrement en direction du ciel, comme pour précéder l'homme dans son ultime voyage, mais revenait, par un goût absurde et forcené de la vie, dont on retrouvait la trace jusque dans sa bouche ouverte pour absorber un maximum d'air. En vain, car le vieux boucanier, apparemment, étouffait. Son tangage se fit de plus en plus irrégulier. L'espace autour de lui s'agrandit. Instinctivement la foule s'écartait aussi loin que possible, pressentant la présence de l'infatigable garce à la faux aiguisée. Enfin, parvenu à proximité de la bouche de métro, le vieux interrompit sa marche forcenée, oscilla un moment cherchant l'attraction maximale de l'aimant terrestre et tomba enfin, en arrière, sans même chercher à compenser la chute par des mouvements de bras. Non, il tomba comme un arbre. D'un bloc. Avec un bruit terrible.

D'abord personne ne s'arrêta, puis une adolescente, tout de noir vêtue, lèvres peintes en blanc, sac à dos de nylon sur le dos, œil charbonneux et moue méprisante pour le monde, interrompit sa marche, et contempla ses semblables indifférents. Elle finit par s'agenouiller, impuissante. Dans son dos, le serveur du bistro, dont la profession avait fait un agité permanent, annonça qu'il téléphonait à la police, ramassa deux tasses et un verre, passa un chiffon sur la table, prévint deux nouveaux clients, d'un ton harassé, qu'il revenait tout de suite. Un monsieur en costume qui sirotait, pensif, son apéritif du soir, se leva d'un bond en hurlant, «je suis secouriste» et se précipita sur le corps, enfonçant sa main dans la bouche pour dégager la langue qui s'était coincée dans la gorge. Puis il se redressa en secouant la tête d'un air découragé.

Le garçon de café cria que la police arrivait et se posa sur son seuil, sourd aux appels des clients.

La jeune fille se releva lentement. Un attroupement s'était maintenant formé et ça y allait les commentaires.

– Une overdose ? interrogeait une ménagère l'air affranchi.

– Moi, expliquait un monsieur très convenable à une dame qu'il avait jugée aussi convenable que lui, je porte toujours une carte sur moi avec mon type sanguin, mon histoire de santé, dans les grandes lignes. On ne sait jamais, la preuve…

La dame, pas si convenable finalement, répliqua que l'autre l'était mort, de toute façon, quand c'est l'heure, c'est l'heure et si chacun devait se balader avec son petit mode d'emploi personnel, on ne saurait plus où donner de la tête. Elle, elle attendait les pompiers. Elle ajouta rêveusement qu'ils étaient de plus en plus jeunes les pompiers, c'était curieux, non ?

– Qu'est-ce qu'il a le monsieur, insistait un bambin qui freinait des quatre fers, pressentant qu'il était au bord d'un de ces grands mystères que le monde adulte couve égoïstement. Il finit par s'arc-bouter pour immobiliser sa mère qui avait du mal à le tirer entre son caddy et son panier débordant de provisions.

– Il dort, chéri. Il se repose. Allez, viens, sinon tu vas rater les Power Rangers.

L'adolescente, désormais badigeonnée des pieds à la tête d'un mépris en acier trempé, fendit la foule et se heurta à Gabriel que l'attroupement avait attiré, lui et trente chalands à qui rien d'humain n'était étranger :

– Qu'est-ce qui se passe ? demanda-t-il.

– Un truc super, répondit la demoiselle en le toisant, une mort en direct. Y'a encore de la place au premier rang.

Puis, elle tourna le dos au genre humain.

Gabriel reconnut instantanément le cadavre qui, vivant, dormait habituellement sur une bouche de métro place de la République. Sans réfléchir, il partit en courant, rattrapa la jeune fille, et, l'arrêtant par le bras :

– Il venait d'où quand il est tombé ?

– Comme nous tous, du néant.

Il serra un peu plus fort et il vit la peur sur son visage. C'était un progrès :

– Écoute, c'est juste que t'es jeune, alors tu te sens toute neuve et supérieure mais quand t'auras quelques kilomètres au compteur, l'accélérateur un peu mou et la carrosserie cabossée, tu pourras commencer à juger les autres, t'auras les éléments de comparaison. Alors je te demande un truc concret donc plus utile que les généralisations de ta génération inférieure. Il venait de quelle direction, le vieux ?

– De là, répondit-elle au bord des larmes sans éveiller la moindre compassion chez le Poulpe.

Elle indiquait du menton le boulevard Saint-Martin.

Gabriel la lâcha brusquement et repartit en se disant qu'il bénissait chaque année qui l'éloignait de cet âge à la con.

Il interrogea le kiosque, un vendeur de *Faim de Siècle*, mais perdit rapidement la trace du mendigot.

Il haussa les épaules. Il avait réagi machinalement, sans vraie logique. Puis il sut pourquoi il avait réagi. Il courut en direction de la République. La foule commençait à se disperser. La sirène des pompiers approchait. Vite, il s'accroupit près du mort en affirmant d'un ton sans réplique : «je suis médecin».

Il se pencha sur le bonhomme qui puait encore de ses infections de vivant et, dissimulant son geste derrière son dos courbé, détacha les doigts repliés en poing. Il referma les siens sur une petite boule dure.

Il se releva, annonça d'un ton supérieur :

– Il est mort, et s'éloigna.

Dans sa paume, il reconnut la même petite boule de jais que Rétrovsitzec avait serrée dans la mort.

9

Ma faute est ton rachat et la tienne est le mien

Léon sommeillait paresseusement sur le pas de la porte du Pied de Porc à la Sainte-Scolasse quand Gabriel l'enjamba d'un saut gracieux et esquissant le fameux petit pont du footballeur envoya, d'une talonnade, la balle en mousse du berger allemand, en plein sur son museau. Léon plissa ses yeux et dissimula un regard de mauvais augure pour son destinataire. Il laissa la balle glisser au sol avec dédain et se contenta de soupirer en remontant les babines en souvenir de générations passées et féroces dont il savait que, quoiqu'on en pense, les gènes lui avaient été transmises.

– Ouh, ouh, tu me fais peur, gloussa Gabriel.

« Tu ne perds rien pour attendre », pensa silencieusement Léon.

– Il cuve le poulpe de Vlad ? interrogea Gabriel.

Maria passa son chignon passablement effondré par la porte de la cuisine :

– Le poulpe a fait un triomphe, mauvais sang.

Comme un écho visuel, Vlad passa la tête à son tour, le hachoir apparaissant toujours, avec un temps de retard, vingt centimètres plus bas :

– Je m'en ferai bien un autre de poulpe !

– Rêve ! conclut Gabriel. Tu as une minute ? demanda-t-il à Vlad, puis à Gérard :

– Je peux avoir le téléphone ?

Gérard fit glisser l'appareil, la tête dévissée dans l'autre sens pour éviter le regard de son plus fidèle client et marquer ainsi sa bouderie prolongée.

Gabriel composa son numéro tout en marmonnant que c'était con, à force de faire la tête, Gérard ne saurait rien de la sensationnelle enquête en cours sur une mystérieuse série de meurtres qui pouvait avoir des implications politiques ou... :

– Allô, Martine Tranchant s'il vous plaît... Le Poulpe... Vous avez bien compris. Merci... Bonj... Trente secondes. On va t'amener un nouveau cadavre. Je voudrais savoir si c'est comme pour l'autre. C'est tout. À toute.

Gérard astiquait avec une grande concentration dix centimètres carrés de comptoir. Gabriel fit quelques pas en direction de sa table en terrasse, revint près du bar :

– Bon, je m'excuse, d'accord ? On boit une Leffe ?

Vlad, qui commençait à s'impatienter, son hachoir crânement posé sur la hanche, grommela :

– Certaines des minutes ont un goût comme l'éternité...

– Hé, Vlad, tu permets que je me réconcilie avec l'homme de ma vie, oui ?

Gérard, grand enfant, dissimula mal son

enchantement derrière un reniflement qui se voulait méprisant mais qui n'était qu'ému. Gabriel lui envoya un baiser, en point d'orgue à son embarras.

Gabriel interviewa rapidement Vlad sur les effets d'une dose forte d'insuline. Cela ressemblait à une crise de délire, propos incohérents, grande énergie, agitation fébrile.

L'image que les témoins avaient gardée du clochard en route vers la mort, c'était plus une détermination, comme s'il avait su avec précision où il allait, ou bien, comme l'avait suggéré un commerçant qui, en ces temps de crise, passait l'essentiel de son temps sur le pas de sa porte, comme s'il avait envie de pisser.

En guise de remerciement, Gabriel jura à Vlad que la prochaine fois qu'il y aurait spécial exotique en direct de Roumanie, il resterait.

Puis Gérard fit une drôle de tête, annonça qu'il revenait de suite et fila aux cabinets. L'oreille attentive de Léon avait surpris les gargouillis inquiétants produits par le ventre de son maître et le moyen de sa vengeance se profila.

Il attendit que Gabriel et Gérard soient installés face à face au bureau de Gabriel, la table de gauche en entrant sur la terrasse et geignit un moment devant la porte jusqu'à ce qu'un client le fasse sortir. Il partit en trottinant jusqu'au croisement de la rue Popincourt où il commença à chier de longues traînées de merde jaune, un chien qui avait toujours fait dans le caniveau, cité en exemple dans tout le quartier !

Gabriel n'eut pas de mal à résumer l'affaire qui tenait en dix mots mais Gérard n'avait pas besoin de plus de combustible et il enchaîna, l'imagination en roue libre :

– J'ai toujours pensé que ça finirait par arriver. Le massacre des SDF. C'est comme les escadrons de la mort qui débarquent dans les bidonvilles et tuent tout le monde, soi-disant un moyen de rendre la justice, parce que c'est tout racaille, voleurs et compagnie. En réalité, ils se débarrassent des gêneurs. De toute façon, la pauvreté fait peur. À cause de la contagion. Chez nous, je vois assez bien un illuminé d'extrême droite qui pète un boulon, je veux dire un boulon de plus et qui fait le grand nettoyage.

– Attends, là on a deux morts. On sait même pas si c'est des meurtres…

– Combien tu crois qu'il en disparaît des SDF chaque année sans que personne s'en inquiète, sans que personne s'en rende même compte… Ça se trouve il y en a des dizaines, morts de la même façon.

– C'est pas facile de se débarrasser d'un cadavre.

– Tu parles. Regarde l'autre Anglais cinglé, Il y en avait plein sa maison, derrière les murs, sous les pavés, dans la cave.

– C'est de la spéculation pure.

– Parfaitement, moi et tous les grands penseurs, on spécule. Les plus grands découvreurs, s'il étaient restés le nez sur la réalité sans jamais le lever vers le ciel, on aurait encore peur d'aller au bout de la terre et d'y tomber dans le vide.

– Eh ben, moi j'y pense. Imagine que la terre perde son pouvoir d'aimantation à force… On se retrouverait tous en chute libre dans l'espace.

– Téléphone ! hurla Marie. Gabriel.

Le dégingandé alla nonchalamment vers le comptoir, il écouta, hocha la tête, revint vers Gérard.

– C'était l'autopsieuse. Insuline. Les flics sont sur le coup. Embargo sur l'information. C'est pas le genre d'information qu'ils ont envie de voir se répandre.

– Bouge pas, recommanda inutilement Gérard qui fila derrière son comptoir et en ramena l'édition du jour du *Parisien*. Il le plia soigneusement et déposa la bonne page devant son pote.

« Une pharmacie dévalisée en plein jour.

« Il était quatre heures de l'après-midi quand trois jeunes délinquants de type méditerranéen ont forcé, sous la menace d'un cutter, Janine Tinc, à leur ouvrir ses armoires de médicaments. Les crânes rasés ont fait main basse sur des tranquillisants, une livraison récente de méthadone et tout un stock d'insuline destiné aux diabétiques. On soupçonne les malfaiteurs d'appartenir à cette jeunesse oisive qui donne si mauvaise réputation à nos banlieues. »

– Ça peut être une coïncidence, commenta prudemment Gabriel.

– Si tu crois aux coïncidences, moi je veux bien croire à la monnaie unique.

– Pourquoi des camés qui n'ont que la came en tête, iraient s'emmerder à descendre un Polonais de trente ans et un vieux mendigot, à coup d'insuline ?

– Ah ben, ça, c'est ton boulot.

Tout à leur conversation les deux hommes n'avaient pas remarqué un petit drame urbain qui se passait pourtant à quelques mètres. Un gamin en mobylette avait frôlé trois skins qui, il faut dire, marchaient sur la chaussée réservée aux véhicules. Après une bordée d'insultes, une course poursuite s'engagea. Le gamin, pris dans les embouteillages, n'arrivait pas à se faufiler. Il s'engagea dans la rue Popincourt, percuta un feu en vérifiant la proximité de ses poursuivants qui, effectivement, se rapprochaient et lui annonçaient en termes sans équivoque qu'ils allaient lui massacrer sa mob. Faut dire que l'entreprise était déjà bien amorcée.

Prudemment personne ne s'en mêlait.

L'épilogue se déroula devant le salon de Cheryl qui ouvrit sa porte pour voir de plus près.

– Aidez-moi hurla le gamin en s'agrippant à elle mais la blouse de Cheryl était tellement serrée que sa main glissa sans trouver prise.

Avisant la troupe de jeunes loubards, Cheryl conseilla au gamin de se tirer. Elle empêcherait les faux durs de le suivre.

– Mais vous comprenez pas, hurlait le gosse en détresse. Ils vont viander ma mob.

– Laisse tomber ta mob et tire-toi, merde.

Les skins, devant l'intervention de Cheryl s'étaient arrêtés pour un bref conciliabule, mais ils se remirent à avancer vers l'héroïque coiffeuse qui leur fit face tout en sifflant à l'autre d'aller voir ailleurs si sa mob s'y trouvait.

De derrière la vitre du salon, Sylvie murmura à Nelly de sortir par la cour pour aller chercher Gabriel qui devait être au bistrot.

Les agresseurs avançaient inexorablement. Cheryl trouvait que ça commençait à bien faire :

– Je surveille ta mob, mais file. Je vais pas passer

la soirée au milieu du trottoir. J'ai du travail, moi.

Arrivés à trois mètres, les voyous s'arrêtèrent à nouveau.

– Alors ? lança Cheryl d'un ton goguenard.

Le chef de bande, fit deux pas en avant en remontant ses manches, vachement menaçant :

– Tu sais, j'm'en fous que tu sois une meuf. Je peux te casser la gueule comme à n'importe qui.

Cheryl ne cilla pas. Elle le regarda avancer, une lueur vive dans l'œil :

– Qu'est-ce qu'il nous remonte ses manches, l'autre ? Tu vas faire la vaisselle ou quoi ?

Le balèze stoppa net. Les copains se regardèrent. L'un esquissa un sourire, l'autre se fendit carrément la poire et v'là que tout à coup ça se marrait dans tous les coins. Même le chef s'y mit. Il avait pas trop le choix. Les meufs qui carburent à l'humour, ça court pas les coursives.

Mais pendant ce temps, le Poulpe, que Nelly avait prévenu du massacre imminent, avait quitté le Pied de Porc, sans songer dans la panique, à regarder où il mettait les pieds, suivi par un Léon goguenard qui n'avait pas imaginé que les circonstances lui seraient aussi favorables.

Effectivement, apercevant la frêle Cheryl face à la troupe menaçante, Gabriel accéléra, sa semelle trouva sans la chercher une traînée jaunâtre et diarrhéique (Léon avait bien léché les restes de la sauce roumaine) qui ne lui porta pas bonheur car il partit dans un vol plané incontrôlé qui le laissa grimaçant de douleur, l'impression qu'on lui avait planté un épieu dans la cuisse, ligaments déchirés. Avant de s'évanouir sous l'effet de la douleur, Gabriel eut le temps de crier à Cheryl :

– Appelle Delrieu.

Léon, lui, fila queue basse.

10

Je suis ce que je suis et qui montre du doigt
Mes défauts, fait état de ceux qui l'infectent

Gabriel émergea dans le rose. Marylin chantait qu'elle voulait être aimée par lui mais il ne se sentait pas d'attaque. La pénombre qui l'entourait lui fit craindre d'avoir perdu la vue et quand il voulut esquisser un mouvement, il sut que son poids avoisinait les trois tonnes et que son pire cauchemar était accompli : il était le héros condamné d'un polar américain. On l'avait coulé dans du béton. En plus, une odeur atroce s'insinuait dans ses narines. À tout le moins, il allait périr étouffé. Bref, il broyait du noir dans sa grosse tête lourde car il avait plein de trucs à faire. Le Richelieu avec Cheryl pour commencer.

– Putain Cheryl ! s'exclama-t-il, la mémoire lui tombant dessus comme un néon brutal, en même temps qu'une lumière crue lui rétrécissait la pupille.

– Dis donc, c'est pas des façons de parler à son amie d'enfance. Ça va mieux, je vois ?

Gabriel découvrit l'énorme plâtre blanc qui lui raidissait la jambe, de la cheville à la cuisse, à la hauteur de laquelle s'arrêtait un peignoir en éponge à grosses fleurs, négligemment noué à la taille par une écharpe de soie fuchsia… Son grand pied remplissait à moitié une mule plate mais à houppette rose. Il tenta de l'agiter pour faire tomber l'horrible chose mais le message ne passa pas. Il avait aussi les orteils ankylosés.

Cheryl le regardait, partiellement couverte d'un petit tablier à bavette. Elle prit la pose, une jambe coquettement repliée devant l'autre, en appui sur le coude replié contre le chambranle.

– Qu'est-ce que c'est que cette tenue ? grommela le blessé qui avait un fond puritain.

– Ça, c'est pour le moral du guerrier. Delrieu est venu. Il t'a plâtré en jurant comme c'est pas permis. Il a dit que c'était la dernière fois et il t'a injecté un genre de tranquillisant parce que t'étais très agité. Alors, n'oublie pas, c'est dans ta chemise, poche droite, l'anti-inflammatoire, poche gauche, somnifères. Enfin, résultat des courses, t'es immobilisé pour un bon mois. Donc, exceptionnellement je t'offre un gîte continu.

Gabriel mit son mouchoir sur tout ça. Il y penserait plus tard.

– Et l'odeur ?

– La blanquette ?

– Ça sent pas la blanquette.

– Ah ben, c'est ce qu'il y avait d'écrit au dessus de la recette. Blanquette de veau à l'ancienne.

– Putain Cheryl, tu fais très bien les œufs brouillés. Pourquoi chercher la difficulté ?

– Parce qu'il est beau de tenter des choses impossibles. Parce que nous avons un invité, cher putain Gabriel. Tu sais, le type qui voulait me casser la gueule.

– Le facho ?

– Du calme, petit napalm. C'est pas un facho, c'est un pédé. Il faisait qu'accompagner pour le fun. Il était très emmerdé. Tu verras, il est exquis. Bon, je vais passer quelque chose de confortable. Delrieu a dit que si tu pouvais rester calme, c'était mieux.

Gabriel n'avait plus le choix qu'entre étouffer sur tout le fourbi que Cheryl venait de lui enfourner dans le gosier ou effectivement rester calme et se rappeler qu'elle savait, trois fois sur cinq, ce qu'elle faisait. Avec sa chance, il allait tomber sur une des deux fois restantes.

La sonnette d'entrée retentit violemment.

– On a sonné, hurla Gabriel.

– Oh merci de me prévenir, susurra Cheryl en se dandinant exagérément sous son nez.

Puis elle ouvrit la porte, masquant le visiteur :

– Oh, c'est trop gentil, fallait pas.

Elle exhiba un pot de géraniums sous l'œil torve de Gabriel et fit les présentations : Gabriel, Gaby, Gaby, Gabriel.

– Bon ça va. Gabriel suffit.

– Non, je veux dire, lui c'est Gaby. Il faut excuser Gabriel, il est un peu ronchon.

– Je comprends dit le visiteur. Euh, je suis désolé pour tout à l'heure.

– Pourquoi ? C'est vous qui avez chié sur le trottoir ?

– Non, non.

Et il rosit délicatement. Alors, bon, il avait le crâne rasé, des pantalons de para et des godillots montants, un blouson noir sur un tee-shirt noir, vingt ans à tout casser, des grands yeux bleus à longs cils, un visage carré, un nez un peu de traviole. Normal quoi. Et gentil versant horripilant.

Cheryl dut pas mal ramer pour faire aller une conversation toujours au bord du naufrage. Gabriel émaillait les propos de sa chère tendre de commentaires aigres-doux, tandis que Gaby s'efforçait d'avoir l'air cool.

Gabriel finit par l'asticoter sur son uniforme lourd de sens. L'autre répondit faiblement que c'était euh la mode et euh, pratique et puis les mecs qu'il fréquentait c'était leur truc.

– Mais vraiment, dérouta Cheryl, tu trouves ça excitant, ce côté pseudo-macho ?

– Ben un peu oui. Et puis c'est pas que pseudo, ajouta-t-il en envoyant un œil pâmé au plafond.

– Quoi ? C'est des vrais voyous ? Ça je le crois pas.

– Ben ils sont un peu dans la came. Un peu dans le trafic.

– Ah oui, c'est super excitant, renchérit Gabriel.

– En tout cas, conclut Gaby en léchant à même l'assiette la dernière particule de blanquette que Gabriel n'avait même pas voulu goûter, prétextant sa fatigue, c'est plus excitant que les mecs qui, la trentaine passée, tapent avec leur bâton de gendarme sur tout ce qui dépasse de leur vision moralisatrice gerbante. Tu fais quoi, toi, au fait ?

– Il est rentier, répondit Cheryl.

– Oh, c'est un beau métier ça. Ça crée des emplois.

Gabriel songea qu'il devait vieillir. Il se sentait plus proche d'un type de soixante berges comme Gérard que d'un gamin qui aurait pu être son petit frère. Et comme il s'emmerdait ferme, n'ayant même pas pu obtenir un pugilat verbal, il décida de faire disparaître le monde et s'assoupit.

Il entendait au loin la voix douce de Cheryl qui posait des questions, s'intéressait. Il avait réussi à shunter au maximum la voix feutrée du jeune horripilant.

Puis soudain un éclat de voix suraigu le sortit de sa torpeur.

– Non, c'est pas vrai, tu les connais les types qui ont fait le casse de la pharmacie ?

– Ben, un peu, oui. Ils ont un squat dans le quartier.

– Tu crois que tu pourrais me les présenter ?

Gabriel ouvrit les yeux et regarda sa copine. C'était bien une des trois fois sur cinq, mais comment savait-elle pour la pharmacie ?

– No problem, répondit l'invité repu. Puis, s'étonnant à retardement :

– Mais pourquoi ?

Cheryl lança un regard filou vers Gabriel et chuchota à l'oreille de Gaby qui ricana, complice et répéta en appuyant lourdement sur la première syllabe :

– No problem.

– Je vais me changer, minauda Cheryl.

Gabriel, oubliant son handicap, voulut se lever mais resta englué dans son fauteuil. Il hurla pour arrêter sa copine :

– Cheryl, je veux te parler. En tête-à-tête.

– No problem, cria Cheryl.

11

Qui, émouvant autrui, sont eux-mêmes de pierre

Les talons de Cheryl oscillaient sur les pavés du passage sombre derrière les godillots plus assurés de Gaby. C'était une ruelle d'anciens ateliers et d'entrepôts ponctués de deux ou trois immeubles aux étages courts, immeubles ouvriers du début du siècle dont certains avaient été rénovés au goût du jour. Les ateliers, transformés en lofts, tentaient l'impossible pari du croisement entre vrai fric et fausse bohème. Le cul-de-sac se terminait en angle et Gaby s'arrêta devant l'immeuble du fond dont l'entrée était barrée par deux planches en bois clouées. Les fenêtres avaient été murées.

Cheryl croisa nerveusement sa chemise ouverte sur un débardeur échancré, ses seins nus sous le coton noir. Elle se demandait si elle n'en avait pas un peu rajouté dans la provocation vestimentaire avec son jeans moulant effiloché aux genoux et ses mules à talons aiguilles. Il y avait eu, c'était bête mais vrai, une part de défi à l'égard de Gabriel dans sa décision de partir illico jouer les enquêtrices. Maintenant, il était trop tard pour reculer.

Gaby poussa le chambranle de la porte et se baissa pour se faufiler entre les panneaux de bois. Cheryl suivit.

Dans le noir, elle se cogna contre Gaby et murmura :

– Allume.

– T'es tebée ou quoi ? C'est un squat. L'électricité est HS. On va aller voir dans la cour.

Une odeur d'encens gerbante se mélangeait atrocement à des puanteurs d'urine, d'ordure et de moisi. Cheryl prit appui sur le mur invisible qui lui sembla humide et recouvert de choses innommables. Elle s'en détacha avec un petit cri.

Elle se demanda comment on pouvait vivre dans une crasse pareille et elle dut le dire à voix haute car Gaby répliqua qu'elle était relou, il aurait bien aimé l'y voir, sans eau et sans électricité. Elle se demanda pourquoi il était passé d'un coup au verlan.

Quelque part dans les étages, un bébé se mit à brailler et Cheryl ferma sa gueule. Elle pensa qu'elle était en mission, ouvrit ses épaules, bomba le torse, ce qui lui évita de s'assommer car sa poitrine heurta, avant sa tête, un pilier dont des fragments émiettés se collèrent à son tee-shirt.

La lointaine lueur d'un réverbère d'une rue voisine parvenait jusqu'à la courette. Au milieu, un petit feu improvisé autour duquel, enveloppées dans des couvertures, quatre personnes de sexe indéterminé aspiraient à tour de rôle une petite pipe incandescente. Cheryl sentit ses jambes se dérober sous elle. Elle se rappelait des reportages de la télé sur le crack et la folie qui s'emparait de ses fumeurs.

– Ho ! dit Gaby, d'un air affranchi.

Personne ne réagit.

– On cherche Mick.

Re-silence.

– Personne l'a cramé ?

Une voix rauque finit par répondre :

– Hé, on s'en fout d'ta vie.

– Apparemment, il est pas là, traduisit-il à l'intention de Cheryl qui chuchota :

– Demande où il est.

– Demande toi-même.

– Il habite pas ici ?

– Bon, on va monter. On va bien voir.

Il n'avait pas l'air sûr de lui et Cheryl commença à se demander s'il n'avait pas exagéré son statut d'affranchi.

Une petite aspiration d'air pour trouver sa voix et elle murmura à Gaby :

– Putain, je me tire, je veux pas que les keufs me niquent.

La bande de faux Indiens retrouva instantanément sa capacité auditive et se levant dans un désordre aggravé par les couvertures pendantes dans lesquelles se prenaient les pieds qui tentaient simultanément d'éteindre le petit foyer et de retrouver un aplomb tenable tout en glapissant que merde, les keufs ici, enfoiré de Mick sa mère qu'il crashe au cimetière, sûr qu'il s'était arraché, exprès. Ça se bousculait à l'entrée du couloir. Ils filaient comme des anguilles.

Refoulée vers l'intérieur, Cheryl aperçut une fine silhouette sur la troisième marche de l'escalier délabré. C'était une jeune fille de type indien, longue tresse noire, ovale exquis, les traits indécelables dans la pénombre qui laissait apercevoir un gros bébé niché dans ses bras. Tête dressée, il ne perdait rien de la scène de confusion extrême. La fille attrapa le bras de Cheryl et d'une voix pressante demanda si c'était vrai ? Les flics étaient après Mick ? Ils allaient venir ici ?

– Vous êtes sa femme ? demanda Cheryl doucement.

– En tout cas c'est son fils, répondit-elle en

indiquant le bébé qui se remit à pleurer, inquiet de l'agitation générale car dans les étages aussi ça commençait à bouger.

– Vous savez où il est ?

– Il faisait une virée aux catacombes, je crois.

– C'est quoi, son entrée ? intervint Gaby qui était donc toujours là.

– Vers Sèvres.

– C'est bon, je connais, dit Gaby. Allons-y.

Cheryl resta un moment incertaine, émue par la fragilité et la solitude qui émanaient de l'Indienne à la voix douce qui demeurait posée sur sa marche, immobile et tranquille.

Elle dit finalement :

– Ne vous inquiétez pas.

Puis se rapprochant, doucement, elle ajouta :

– C'était pas vrai, l'histoire des flics. J'ai juste besoin de poser des questions à Mick.

– Qu'il crève, dit la jeune femme avec douceur, puis un peu plus brutalement : «La ferme, Kurt», ceci à l'intention du bébé qui s'était remis à brailler sur la note unique et stridente, commune aux nourrissons du monde entier.

Cheryl reconnut l'hommage à Cobain de Nirvana et eut instantanément la vision du bébé, un pistolet appuyé sur la tempe.

Elle tendit les bras.

– Je peux le prendre un peu si vous voulez.

– Tu le prends, tu le gardes, le petit salopard, s'exclama violemment la fille.

Cheryl frémit, hésita et se dit lâchement qu'elle reviendrait, qu'elle verrait ce qu'elle pourrait faire Plus tard.

Gaby était déjà reparti vers la rue et elle le suivit, de plus en plus incertaine sur ses talons aiguilles.

12

Aux outrages du Sort, joins-toi, fais-moi courber

Gabriel se sentait mal. Il n'avait pas pu retenir Cheryl et il le regrettait. Qu'est-ce qu'elle voulait prouver ? Il avait vu sa silhouette, un peu trop précisément dessinée, s'éloigner dans la rue avec l'autre crétin à côté qui agitait les bras comme s'il était en train de lui raconter des choses passionnantes. Il en voulait aussi à Gérard qui était venu aux nouvelles pendant qu'il dormait et qui avait raconté leur conversation à Cheryl. Alors, entre son cœur de bonne sœur qui invite à dîner un mec qui a voulu lui casser la gueule, et son corps de Vénus callipyge, elle ne pouvait qu'attirer les catastrophes en rafales.

En plus il se remettait à avoir mal et il ne savait pas où elle avait foutu ses médicaments. C'était typique du couple, ça. En un tournemain, crac, tu te retrouvais dépendant.

Il alluma la télé d'un geste rageur.

Un type en collant blanc, crinière de lion, fausse queue, sautait d'un tabouret à un autre avant de s'élancer vers un cercle de papier crépon. Et la salle riait, riait, en gros plan. Gabriel, lui, sauta à une autre chaîne. Un gros type au doux sourire racontait un meurtre de fillette en expliquant qu'il n'allait pas donner des détails du genre de ceux qu'il se mit à citer en exemple. Sur une autre chaîne, un type grimaçant, œil exorbité, bouche tordue, appuyait, comme le fou qu'on avait compris qu'il était, sur la gâchette de son pistolet jusqu'à ce qu'un clic retentisse. Barillet vide. Dégoûté, avant de partir en courant, il jeta son arme par terre, exactement comme on balance son transistor par la fenêtre quand les piles sont à plat. Gabriel zappa à nouveau.

Sur la chaîne suivante, il écouta les infos du soir. C'était la fin du journal et, du coup, il chopa les nouvelles les plus importantes. Le présentateur expliqua d'un ton de donneur de leçon que le SDF mort place de la République, venait de toucher son RMI sans qu'on ne retrouve la moindre trace du moindre sou et que les enquêteurs penchaient pour l'hypothèse du meurtre crapuleux commis sans doute par un autre sans abri. Un dixième de seconde d'air compassé, avant d'enchaîner sur l'invité venu vendre son film sortant mercredi et, comme il s'agissait d'une comédie, l'acteur arrêtait pas de se marrer.

Gabriel éteignit. Fortiche ! Si les flics arrivaient à démontrer que les pouilleux se tuaient entre eux, ça arrangerait tout le monde. Saloperie de pauvres ! Même pas solidaires dans la galère. Quelle époque !

Il réussit à éteindre l'unique lampadaire allumé près de lui et se tourna vers la fenêtre sur cour. Il ne voulait pas penser à Cheryl. Si elle s'était habillée comme ça, ce n'était pas uniquement pour ne pas faire tache dans le squat. Elle comptait probablement appâter le chef de bande.

Alors il se mit à regarder les fenêtres éclairées de l'autre côté de la cour. La lumière froide de la télévision baignait la plupart des intérieurs.

Une famille installée sur les trois côtés de leur table finissait de dîner, l'œil vissé au petit écran. S'aimer, pensa Gabriel, c'est regarder dans la même direction.

En dessous, trois jeunes couples étaient vautrés dans des fauteuils, des verres de vin à portée de la main. Les filles étaient regroupées sur un canapé, jambes repliées sous elles.

Tout à coup, les types s'éjectèrent de leurs fauteuils, bras levés, bouche vociférante et les filles interrompirent leur conversation pour les regarder, l'air amusé. L'un alla chercher une bouteille dans la cuisine qui s'éclaira, puis s'éteignit et rejoignit les deux autres à nouveau amorphes sur leurs sièges.

À la fenêtre suivante, accroupi sur son lit, tout contre la fenêtre, sa chambre plongée dans l'obscurité, un petit garçon appuyait frénétiquement sur les touches de sa Game Boy.

La rumeur de la ville empêchait le silence mais il y avait longtemps que Gabriel ne l'entendait plus. Il ressentit une angoisse devant ces scènes, non seulement muettes, mais sans même un bruit d'ambiance. Il n'avait jamais pu voir un film muet sans songer que le moindre figurant s'agitant en arrière-plan était mort. Une prescience de fin lui hérissa les poils. À force de contorsions, il ouvrit la fenêtre et en entendit une autre s'ouvrir sur la nuit comme en écho. À sa droite, il vit, derrière ces rideaux gris de poussière exceptionnellement repoussés vers le mur, la créature de Frankenstein ou son sosie. Un visage blafard aux trois poils couchés sur un crâne un peu vert, des yeux de poisson, une bouche inexpressive, s'encadrèrent un moment. Il eut le temps d'apercevoir une chemise de flanelle autrefois blanche et un bras qui s'allongeait pour saisir un objet noir sur le rebord de la fenêtre dont les battants se refermèrent. Il avait noté aussi un mur vide à la peinture écaillée et une ampoule nue suspendue à un fil électrique pendant au milieu du plafond.

Putain, tout était sinistre ce soir. La porte de la rue s'ouvrit bruyamment et en se dévissant le cou, il vit une bande de jeunes gens en jeans et blouson de cuir pénétrer dans la cour. L'un d'entre eux portait une caméra. Intrigué, Gabriel tenta de se pencher davantage. Une silhouette lui sembla familière, les cheveux blonds frisés, le blouson de nylon orange. Ben oui, on aurait dit le Xavier de la mamie.

Le petit groupe n'avait même pas déclenché la minuterie et il sembla à Gabriel qu'ils traversaient furtivement. Il se pencha plus avant, malgré la véritable torture infligée à sa hanche, les vit rentrer par la porte en face légèrement à droite. Inexorablement, le fauteuil de Gabriel glissait, glissait en contrepoids à sa tête qui avançait, avançait, puis dans un grand fracas, bascula, le long nez du Poulpe s'écrasant sur le parapet, ses mains se retenant instinctivement au rebord et le corps, l'interminable corps, s'affala sur le sol, bientôt rejoint par la tête qui dégringola de l'appui, au rebord, au plancher. Boum. Boum. Boum.

Son coude, appuyé sur l'interrupteur au sol, fit jaillir la lumière qui aveugla ses yeux papillonnants.

Gabriel se livra à des contorsions pitoyables mais nécessaires, s'appuyant d'abord sur le mauvais support du fauteuil qui s'éloignait à chaque poussée, rapatriant enfin le meuble avec la canne dont l'avait affublé Cheryl. Il se retrouva enfin, hors d'haleine, sur son fauteuil, dénicha un flacon de comprimés dans la poche poitrine de sa chemise. Bien sûr, Cheryl les lui avait donnés. Poche gauche anti-inflammatoires. Ça devrait calmer la douleur. Il avala un comprimé qui s'attacha un moment à sa gorge avant de s'y dissoudre.

Il chercha des yeux une trace des visiteurs de la nuit, évidemment disparus, mais rencontra soudain, rêveusement accoudées sur leur fenêtre, deux adolescentes aux joues pleines que le contre-jour auréolait de mèches folles. L'une lança d'une voix forte :

– Hé, spaghetti, tu peux la ranger ta zigounette. L'est pas si belle.

Un éclat de rire gai et limpide accompagna son geste brusque de plaquer la main instinctivement sur sa braguette qui était, bien sûr, fermée.

Il murmura un faiblard, «petites connes». Le grincement d'une porte attira son attention vers le bas. La porte, par laquelle les cinéastes en herbe s'étaient engouffrés, livra passage au monstre du troisième qui avait passé un paletot gris sur sa chemise, mais gardé ses pantoufles et se dirigeait vers la rue, un cabas écossais élimé à la main.

L'œil de Gabriel remonta vers la fenêtre du troisième où la lumière avait pris un éclat blanc violent. Une petite scène commença à se dérouler en ombre chinoise. Une silhouette féminine aux longs cheveux flottants se mit à danser lentement. Ses mains, jointes sur la poitrine, descendirent jusqu'à la taille avec de petits arrêts, à chaque bouton sans doute, puisqu'elle fit soudain s'envoler un chemisier. Elle virevolta, sa poitrine nettement dessinée, couverte d'une bande de tissu foncé. Bouche bée, Gabriel observa le lent strip-tease dont son imagination comblait les détails manquants. Soudain, elle fit un geste de bras impérieux et une nouvelle silhouette apparut dont il ne voyait que le buste et la tête à la hauteur des cuisses de la fille. L'homme avançait par petits mouvements saccadés comme s'il se traînait à genoux. La fille attira sa tête contre son entrejambe et se balança en arrière dans un mouvement extatique, bras le long du corps. Le gauche se releva lentement, prolongé par un grand couteau à la lame en croissant qui s'abattit à plusieurs reprises sur le dos de l'agenouillé qui se débattit et commença de s'affaisser, comme les paupières de Gabriel, de plus en plus lourdes, qu'il n'arrivait pas à maintenir ouvertes et qui finirent par tomber définitivement devant ses yeux encore arrondis par l'étonnement.

13

La mer qui est tout eau reçoit pourtant la pluie

Cheryl regarda sa montre. Il était une heure passée. La fatigue lui tomba instantanément sur les épaules. Le salon ouvrait à huit heures et demie. Puis elle se dit qu'elle commençait à réagir comme une vieille et, en adepte de la méthode Coué, se raconta qu'elle était au mieux de sa forme, enchantée de partir en pleine nuit dans une banlieue lointaine, en compagnie d'un vantard, faux dur à cuire, en quête d'un voyou qui abandonnait femme et enfant pour courir les catacombes. Et en plus, elle s'était cassé un ongle au squat. Et elle devait absolument faire ses racines demain. Et elle manqua buter sur un corps affalé au centre d'une bouche de métro qui ne soufflait plus d'air chaud. Elle s'accroupit, affolée, en s'excusant, elle ne lui avait pas fait mal au moins et elle le secoua comme les mères pincent leurs enfants jusqu'à ce qu'ils hurlent pour s'assurer qu'ils sont vivants. Le clodo l'était bien. Il releva la tête, souffla son haleine atroce, «Fous-moi la paix, pétasse» fut son commentaire. Cheryl pensa amèrement que lui et ses semblables ne sauraient jamais qu'elle leur sacrifiait toute une nuit et peut-être plus. Et franchement, est-ce qu'ils étaient plus importants que les Rwandais massacrés, les Bosniaques exterminés, les Tchétchènes bombardés ?

Qu'est-ce que c'était que ces comparaisons idiotes ? corrigea-t-elle aussitôt. Les deux malheureux assassinés lui étaient tombés dessus comme une chance de remuer son cul, et, pour une fois, de damer son pion à Gabriel. Pour le reste, ils ne valaient ni plus ni moins qu'un autre. C'étaient juste des hommes. Comme les autres. Comme Gaby.

– Dis donc Gaby, c'est gentil de m'accompagner, mais, entre nous, tu le connais vraiment, Mick ?

– Ben, comme ça oui. J'ai pas couché avec si c'est ce que tu veux dire.

– J'aimerais être sûre qu'on n'y va pas pour rien.

– C'est plutôt qu'on risque d'attendre. Les balades en catacombes, ça dure. On rencontre des tea-potes. Y'a des mecs qui font des bœufs. C'est trop puissant. Y'a pas d'embrouille.

– Mais on va pas rentrer dedans ?

Cheryl se voyait perdue comme un chien à la poursuite d'une belette dans des dédales de tunnels. Déjà qu'elle n'avait pas le sens de l'orientation.

– Non, on va attendre.

Ils étaient arrivés à la voiture de Cheryl et elle prit le volant, guidée par Gaby. Pour ne pas s'endormir, elle lui demanda dans quel quartier il habitait et il se lança sans dérapage dans l'interminable chronique de sa courte vie. C'était un fils de bourgeois, logé, nourri, blanchi, quasiment salarié, avec ses trois mille francs d'argent de poche par mois, par une mère amoureuse qui avait saigné à blanc son riche mari au moment du divorce. Il était entré aux Beaux-Arts parce qu'il trouvait ça cool et il faisait semblant de zoner parce que les voyous le branchaient. Il se croyait rebelle quand il n'était que jeune. Cheryl ne se faisait pas de souci : il finirait en couple dans un duplex du Marais. Elle sentit l'endormissement pointer le nez, suite à la biographie soporifique et lança aimablement :

– Sois gentil, boucle-la maintenant. Il faut que je réfléchisse.

Il réussit à se taire jusqu'au pont de Saint-Cloud où ses pias pias reprirent. Il essaya de faire parler Cheryl parce que c'était un bon garçon, mais elle n'aimait pas raconter sa vie. Elle avait assez avec celles de ses clientes dont elle connaissait les moindres perfidies à elle seule avouées. Une grande partie du charme de Gabriel tenait à son laconisme.

Résignée, elle se mit en écoute automatique jusqu'à ce qu'ils arrivent à Sèvres. Elle se gara à proximité d'un terrain vague. Après quelques pas, elle enleva ses mules. La séduction tout terrain avait ses limites.

Ils s'arrêtèrent à l'entrée d'un tunnel. On aurait dit une voie de chemin de fer désaffectée. Elle s'assit par terre, refusant d'avancer plus loin et se nettoya les pieds comme elle put. Ensuite elle briefa Gaby sur le rôle qu'il devait tenir et ils attendirent.

Dès qu'il ouvrait la bouche, elle le foudroyait du regard et dès qu'elle tournait le visage, elle pouvait sentir qu'il la détaillait des orteils pleins de terre à la racine noire de ses cheveux platine. Elle se demanda vaguement quels poux il allait lui chercher. Son regard n'avait rien de sexuel pourtant. C'était plutôt celui des copines, soi-disant bien intentionnées, qui préparent un lâcher de vacheries.

Effectivement, après un éclaircissement de gorge exagéré, Gaby prit son courage à deux mains et lui annonça que son look Blondie, c'était pas mal, mais ça faisait un peu génération.

Cheryl était patiente jusqu'à ce qu'elle ne le soit plus, et tolérante de même. Elle explosa :

– Attends là Gaby. Copier des copies, j'appelle ça de la vulgarité. Et Blondie c'est une copie ! Moi, je m'inspire de l'original, et l'original, c'est Marylin. Et question génération je te signale que t'es rien de nouveau. Y'en a eu des comme toi avant. T'as rien inventé. Le neuf, ça se fabrique avec de l'ancien. La génération spontanée ça n'existe pas. Et si t'es là, c'est parce que j'existais avant toi. Compris ?

Apparemment, Gaby adorait ce genre de petite prise de bec. Il leva les yeux et les épaules au ciel, l'air enchanté :

– Ce que tu peux être susceptible. Surtout que je te trouve hyper sympa et hyper jeune. Et t'as peut-être pas remarqué mais je t'ai posé aucune question sur ce que tu lui veux à Mick. Je suis pas complètement naze. Si t'as envie de t'éclater avec des durs, t'as pas besoin de venir à Sèvres. Alors ?

– Alors ta gueule.

Il se releva, vexé, elle le récupéra par le bas du pantalon et chuchota :

– J'ai entendu quelque chose.

En écho lointain, des bribes de phrases leur parvenaient, incompréhensibles et Cheryl pria qu'ils ne fussent pas trop nombreux, que Mick fût parmi eux, que leur histoire fût crédible et ses conséquences prévisibles. L'imparfait du subjonctif lui venait spontanément dans les moments d'anxiété.

Elle ferma les yeux, poussa de petits cris aigus. Gaby s'agenouilla à côté d'elle, en prenant un air angoissé bien trop accentué. Question acteurs, elle était mal entourée mais il fallait faire avec. Elle était consciente que sa chemise était largement ouverte sur son débardeur bâillant et elle se pencha en avant pour une promesse qu'elle n'avait pas l'intention de tenir.

– Mick, putain, la chance. On a un gros blème.

Cheryl ouvrit un œil tremblant, en se demandant si Gaby était bien inspiré de faire semblant de parler banlieue. Découvrant le nouveau venu, elle se redressa pour limiter la vue plongeante sur son décolleté. Elle s'était dit que, le cas échéant, elle était prête à sacrifier sa vertu pour la bonne cause, tous les prétextes sont bons, mais c'est peu de dire que le Mick était pas ragoûtant. Il puait la bière. Il portait un genre de collant obscène avec un débardeur violet. Il était maigrichon et sa bouche beaucoup trop grande expliquait sans doute son nom et sa tenue. Le pauvre garçon s'imaginait ressembler à Mick Jagger, alors que c'était plutôt un croisement entre un gros rat et un petit lévrier.

Pendant ce temps Gaby expliquait que sa copine s'était tordu la cheville en arrivant, incapable de conduire et lui, Gaby, n'avait pas son permis. Coinçado, il était, et il voulait tracer avant-hier.

– Hé, mouquave, tronche de cratère, ricana Mick. On n'est pas au zoo. Parle normal. Parle pas. Elle a des papiers, ta caisse ? conclut-il à l'intention de Cheryl qui hocha la tête. Elle se trouvait, d'un coup, incapable d'organiser un quelconque langage de communication.

– En tout cas, ça tombe bien, on est à pinces. Et les bombes, ça se saute.

Ses trois acolytes gloussèrent. Ils étaient tous pétés à la bière.

À la bière comme à la bière, pensa Cheryl résignée et elle s'appuya tant qu'elle put contre Mick jusqu'à ce qu'elle sente qu'il était incapable de la soutenir et elle se contenta alors de le frôler suggestivement. Elle n'avait pas besoin de se mettre martel en tête. Dans son état il aurait peloté une pompe à essence. Cheryl fit semblant de ne pas voir les clins d'œil obscènes qu'il lançait à ses potes. Le seul avantage, c'est qu'elle n'eut pas à intervenir.

De lui-même, il largua Gaby et les autres au pont de Saint-Cloud, rota, s'excusa comme s'il venait de lui faire une faveur et demanda où elle créchait.

Il ne restait plus qu'à souhaiter que Gabriel soit bien réveillé, et en pleine possession de ses moyens.

14

Le lis qui se corrompt sent pis que mauvaise herbe

Mick embrassa Cheryl une première fois contre un poteau sentant la pisse et la vieille peinture. Il l'embrassa, c'est-à-dire qu'il s'effondra à moitié contre elle et lui enfourna la langue en l'agitant dans tous les sens comme font les acteurs dans les films américains et à leur suite, toute une génération de béotiens incertains. C'est ainsi que l'ineffable art du baiser à la française succombe sous le poids du géant économique américain mais ça, personne n'en parle.

Cheryl se rappela de pousser un grand cri au nom de sa fausse blessure. Et Mick qui n'était pas bavard, se contenta de lui serrer brutalement l'entre-jambe, en signe d'affection sans doute. Il l'embrassa une deuxième fois contre la porte d'entrée, forcément il avait besoin d'un appui mais celui-là ne résista pas et ils basculèrent dans l'entrée comme deux ivrognes se raccrochant, Cheryl aux murs, Mick à Cheryl.

L'avantage, se dit-elle courageusement, c'est qu'il ne se rappellera jamais où j'habite.

Il fit une troisième tentative sur le palier. Elle

détourna à peine la tête et il glissa le long de sa joue, jusqu'à son oreille et finit sa course sur la sonnette qui se déclencha stridente. Et le crétin, toujours pressé contre le bouton, marmonnait : «Putain, qu'est-ce que c'est que ce boucan ?»

Un peu brutalement, elle lui décolla la tête du coin de mur, s'efforçant de ne pas penser aux voisins, juste à Gabriel qui serait bien réveillé maintenant. Elle ouvrit la porte en équilibre sur un pied, son genou supportant le poids de Roméo avant de le catapulter vers l'intérieur. Elle le sauva d'une chute violente par la bretelle du débardeur et l'inclina en équilibre contre le papier à fleurs du minuscule couloir.

Dans le bref silence, un ronflement catarrheux s'éleva qu'elle tenta de dissimuler par une quinte de toux violente. Gabriel dormait ! C'était pas croyable. L'ivrogne se mit à rire doucement :

– J'suis pas sûr d'être en état d'assurer mais dis toujours où se trouve le pieu.

Puis il glissa au sol et resta avachi, tête dans les épaules. Ses lèvres émirent bientôt un sifflement léger qui répondait en écho à la soufflerie venue du salon. C'était charmant.

Il fallut à Cheryl à peu près deux secondes de réflexion avant d'arriver à une conclusion. Elle marcha d'un pas déterminé, sa rage de la soirée dopant son énergie à un niveau maximal et secoua violemment Gabriel qui, incapable d'ouvrir les yeux, sortit juste assez de sa torpeur pour avancer une main frétillante en déclarant d'une voix pâteuse :

– Cheryl, petit amour…

Révulsée, elle le sentit saisir un sein et le caresser machinalement tout en se réinstallant dans le sommeil.

Elle claqua l'extrémité insolente. Gabriel grimaça comme un enfant déçu et se recroquevilla dans le fauteuil.

Cheryl fila dans la cuisine, prépara un expresso double dose, mouilla un torchon et revint gifler le visage du Poulpe jusqu'à ce qu'il émerge assez pour ouvrir la bouche à la recherche d'air. Au lieu d'oxygène, il aspira une gorgée de café âcre et violent et le recracha à moitié. Impavide, Cheryl lui injecta le reste du bol.

Quel réveil ! Une petite convulsion annonça une remontée liquide que Cheryl arrêta de la voix :

– Tu vas pas gerber en plus ?

– Hein ?

– Putain, je le crois pas, s'exclama-t-elle, son vocabulaire sous influence de sa compagnie de la nuit. Réveille-toi, merde Gabriel. Quelle bite, ce mec.

Pour le coup Gabriel revint à lui et l'engueula d'une voix claire :

– Arrête avec ce militantisme à la con, pas à la bite, à la con.

Il ajouta, l'œil exalté :

– C'est si beau une bite.

– Pas plus beau qu'un con, excuse-moi.

– Ça va, au fait, toi ? Comment ça s'est passé ?

– Ne me demande pas, tu veux pas savoir. J'ai le morveux avec moi et je veux pas qu'il passe la nuit ici.

– Où ça, quoi, aïe ! s'exclama Gabriel dans le désordre.

– T'occupe. Il faut qu'on le fasse parler. J'ai pas l'habitude. T'as ton flingue ?

– Cheryl !

– C'est pas le moment de me cheryler. Je veux juste lui faire peur, pour gagner du temps. Tu l'as pas encore vu. C'est une flaque de dégueulis, le type.

– T'as trouvé ça dans Shakespeare ?

Cheryl n'était pas d'humeur à tergiverser. Elle écarta brutalement la cuisse du Poulpe de son axe habituel et il poussa un cri de douleur.

– Le flingue est à sa place, avec mes faux papiers. Et moi, je vais piquer un roupillon. Je crois que tu n'as aucun besoin de moi, tortionnaire !

– T'as pas intérêt !

Elle courut à la cachette dans le panneau du lit, fit tomber tout le contenu d'un revers de main et le pistolet lui écrasa les doigts en tombant, ce qui lui mit les nerfs un peu plus à vif. Pauvre Mick. Elle glissa l'arme dans la main de Gabriel, alluma toutes les lumières, ferma les volets et alla chercher le piteux chef de bande qui poussa une exclamation d'horreur en découvrant le Poulpe qui avait rarement mieux mérité son surnom. Ses yeux gonflés par le sommeil évoquaient la tortue. Son interminable plâtre blanc épais ressemblait à la queue monstrueuse de quelque monstre aquatique et son long bras qui, même replié, dépassait exagérément du fauteuil, tenait une arme parfaitement immobile, pointée droit sur l'intrus.

– Hé mec, je te jure, c'est elle qui m'a draguée. Une vraie sangsue.

Cheryl médita quelques secondes sur l'insondable

lâcheté des mecs, puis demanda à Gabriel d'un ton froid :

– Je vais chercher la serviette ?

Gabriel la regarda d'un œil bête mais se rappelant que c'était une des deux fois sur cinq, il répondit d'une voix douce :

– Bonne idée.

Le regard de Mick allait de l'un à l'autre, effaré, déjà terrifié.

Cheryl revint tordant une serviette éponge imbibée pour en faire une matraque.

– Ça laisse pas de trace, déclara-t-elle affectueusement à Mick.

– Approche-le, exigea Gabriel qui commençait à s'amuser.

Son deuxième bras se détendit comme un ressort, s'enroula autour du buste frêle du futur martyr et il appuya le canon contre sa tempe.

Cheryl commenta :

– Personne ne sait que tu es là. Tu réponds à nos questions ou on te bute. On n'a plus rien à perdre.

– O.K. O.K. O.K., dit Mick d'une voix haut perchée qui n'était pas sans rappeler Joe Pesci à son pire.

Gabriel désenroula son bras et envoya Mick choir sur un pouf en satin rose.

À la décharge de Cheryl, la vision du gamin, cheveux gras hirsutes, genoux remontés sous le menton, bras pendant, œil vacillant dans une dimension encore jamais explorée entre cauchemar et réalité, et de Gabriel, mâchoire serrée pour étouffer un bâillement, une mule à pompon pendant encore au bout de son pied plâtré et lui passant le relais d'un «à toi de jouer la môme» glacial, avait de quoi ramollir des nerfs tendus par une soirée éprouvante. Gabriel vit sa poitrine tressauter de plus en plus violemment, lui secouant les épaules.

Cheryl se convulsait, à moitié accroupie, cuisses serrées luttant contre une soudaine envie de faire pipi et Gabriel, contaminé, son rire semblable au cri de la mouette, se mit à hoqueter, les yeux pleins de larmes. Mick persuadé de s'être égaré dans *Pulp Fiction* et on sait comment finissent les caves dans ce film-là, incapable de tirer parti de la situation, secoua la tête et geignit :

– Je veux m'en aller.

Cheryl partit pisser d'un air digne. Gabriel se récupéra à son tour et demanda :

– Bon, le casse de la pharmacie, c'était bien toi ?

– Vous êtes pas des flics quand même ? s'étonna Mick qui voyait ses rares certitudes sur l'organisation du monde s'évanouir.

– Pousse pas ta chance. Réponds.

L'interrogatoire fut bref. C'était bien lui. Il avait un commanditaire qui lui passait commande de médicaments. Cette fois, c'était de l'insuline. Ça dépendait des fois. Selon la demande. Les médicaments partaient en contrebande vers l'est. Où ? Il savait pas précisément. Le commanditaire ? Crusonnier, le garagiste.

Cheryl en resta coite sur le pas de la porte et Gabriel pensif dans son fauteuil. Retour à la case départ.

D'une voix presque timide, Mick demanda :

– Je peux m'en aller maintenant ?

– Ouais, tire-toi. Et t'as vu ? J'ai le bras long.

Alors oublie-nous, oublie cette soirée et laisse tomber les pharmacies. La méthadone, c'est pas pour toi ?

– Non, c'est pour revendre.

– C'est bien ce que je pensais.

Cheryl conclut :

– Gicle, *infection gangrenée de l'homme.*

Puis, dans un sourire exquis à Gabriel :

– Ça, c'est du Shakespeare.

15

Le plus dur fer s'émousse à le mal employer

Cheryl avait obligé Gabriel à passer la nuit sur le fauteuil sous prétexte qu'avec son plâtre, il l'empêcherait de dormir. Il refusa de prendre un somnifère. Et à sept heures Cheryl le retrouva, lugubre et rogue, ruminant sur une enquête mal barrée.

Cheryl est une de ces personnes pétant la forme dès qu'elle ouvre les yeux. Elle arriva pétillante, les mots se bousculant d'excitation au bord de ses lèvres encore enflées par le sommeil. Elle allait expédier les clientes du matin, filer chez Crusonnier. Si elle n'avait pas le temps pour la leçon de *Chirac*, Gabriel, qui n'avait rien à faire, pourrait s'en charger, non ? Elle ferait un tour au Richelieu ce soir. Gabriel l'entendit continuer de soliloquer dans la cuisine d'où elle revint avec un plateau de petit déjeuner admirable et elle continuait de pérorer : une enquête, ça n'avait rien de sorcier, elle sentait bien que celle-ci serait expédiée en deux coups de cuiller à pot.

Elle avala une gorgée de café, fila sous la douche où elle brailla à tue-tête que pour une fille, y'avait pas de meilleurs amis que les diamants, revint en tenue de travail en s'exclamant qu'il allait pleuvoir, ça nettoierait les trottoirs. Quand elle eut la bouche pleine de tartines et non plus de mots, Gabriel grogna d'un air de souffrance :

– Tu as bien dormi ?

Exprimant en quatre mots que lui n'avait pas fermé l'œil, que les commentaires de Cheryl lui donnaient la migraine, qu'il avait très mal mais ne s'en plaignait pas, que la journée serait interminable et qu'elle ne compte pas sur lui pour *Chirac*.

Apparemment le message virtuel passa très bien car Cheryl répondit :

– Je te laisse *Richard III*. Tu verras, c'est passionnant. Pense bien que ce n'est pas forcément un salaud, juste un type dans ton genre qui essaie de mettre de l'ordre. Et si tu t'ennuies, je t'envoie Nelly.

Sur cette menace même pas déguisée, elle dévala l'escalier et Gabriel se retrouva à moitié étouffé sur sa cuiller de céréales bourrées de vitamines, une liasse de feuillets manuscrits à la main.

En bas, Sylvie avait déjà ouvert le rideau de fer et passait le balai. Cheryl consulta le carnet de rendez-vous. Nelly arriva dégoulinante de pluie. Même ses cheveux, collés contre le crâne, n'arrivaient pas à l'enlaidir. Elle décréta qu'elle allait attraper la crève, le virus était terrible cette année. Il parait que ça traînait cinq semaines, antibiotiques ou pas. De toutes façons les antibiotiques affaiblissaient l'organisme et elle ne donnerait pas dans le panneau. Les médecins faisaient semblant de savoir des choses en utilisant des mots que personne ne comprenait mais y'avait qu'à voir avec le SIDA... En Chine, les docteurs étaient supposés prévenir les maladies. Quand on était malade, on les payait pas, parce que ça voulait dire qu'ils avaient foiré. On les payait quand on était en bonne santé. Ça, c'était intelligent.

Puis elle se colla la tête sous un casque et se plongea dans *Gala*.

Sylvie était montée chercher trois tasses de café, rituel du matin, et venait de donner la sienne à Cheryl quand la cliente inconnue entra. Elle baissa la capuche de son anorak et, apeurée, regarda le salon encore désert. Elle annonça qu'elle venait de la part de madame Larrieux et que c'était pour un enterrement.

Cheryl ne moufta pas. Elle lui enleva son anorak, lui conseilla gentiment de s'asseoir et passa les doigts dans les longs cheveux raides et emmêlés de la fille qui avait un visage magnifiquement structuré, de grands yeux clairs et tristes et qui lui évoquait vaguement quelque chose, quelqu'un... Elle prit une voix précautionneuse :

– Un enterrement ?

– Oui, c'est pour l'enterrement de mon frère. Je peux pas y aller comme ça.

Et elle contempla sa triste chevelure dans le miroir.

Cheryl, émue, décida instantanément de lui laver les cheveux elle-même, elle lui ferait un petit massage.

– Un chignon. Je vais vous faire un chignon

banane. Vous avez un très beau visage. Il sera mis en valeur. Ce sera… strict, mais joli. Je suis désolée pour votre frère. Vous êtes du quartier ?

– Non, j'arrive de Valenciennes.

Le massage dut faire son effet car, silencieuse au shampoing, la jeune fille se montra diserte pendant le coiffage :

– Remarquez, on se doutait bien d'un malheur depuis qu'on n'avait plus de nouvelles. La fermeture des mines, le père silicosé. Vous savez, on est bien chez nous, ça, y'a pas mais c'est dur quoi avec le chômage, tout ça. Y'a Euro-Lille, c'est sûr et le TGV, mais tout ferme quoi. C'est comme un terrain vague mais pourquoi on partirait, on est chez nous. Mon frère il est parti et voilà tout le bien que ça lui a fait.

Le ton de misère résigné et vaillamment gai de la jeune fille était touchant et agaçant à la fois. Cheryl essaya de revenir à du concret.

– Et il est mort de quoi ?

– Ben, ils sont pas sûrs. Déjà ils ont eu du mal à nous retrouver. Il faisait le Polonais comme papa alors qu'on est français depuis un bout de temps, tous.

Immédiatement alertée, mais faisant comme si de rien, elle demanda :

– C'est quoi votre nom ?

– Tchcnkovoytsek mais il se faisait appeler Rétrovsitzec.

Cheryl retint son souffle :

– Je suis un peu au courant. Vous devriez aller voir la mamie. Votre frère a habité chez elle.

– La vieille dame ? Madame Larrieux. Oui, je

l'ai vue. Elle était bien choquée. Elle voulait qu'on l'enterre en Pologne. Il lui avait dit qu'il avait pas de famille. Alors qu'on est sept enfants sans compter celui qui a eu la méningite.

Et elle se mit à expliquer que c'était dur pour Thomas, quand l'usine l'avait licencié. Parce que leur père était arrivé dans le Nord juste avant la guerre. Il était mineur, résistant, tout ça. Une belle existence malgré la silicose. Enfin une vie qui compte. Et Thomas il avait eu envie de repartir à zéro, faire l'immigré avec une vie à conquérir et résultat des courses, encore pire à l'arrivée.

Là, Cheryl n'hésita plus et posa question sur question, qui il connaissait à Paris, ce qu'il y faisait, où il s'était procuré son passeport polonais, est-ce qu'il possédait un chapelet, mais elle eut beau essayer toutes les directions, la jeune fille n'ouvrit aucune nouvelle piste. Elle reprenait le train tout à l'heure, ramenait le corps à la maison et direct au cimetière. Madame Larrieux avait payé pour tout.

Cheryl voulut lui offrir la coiffure mais la jeune fille le prit très mal et elles se quittèrent finalement sur un malentendu qui laissa Cheryl triste et confuse. En plus, deux autres clientes étaient arrivées et attendaient, cheveux mouillés, et quand *Chirac* se pointa pour son cours à onze heures, au retour de Rungis, elle n'avait pas encore trouvé le temps de transmettre les informations à l'étage.

Elle expédia *Chirac* en haut, l'assura qu'elle le rejoignait et lui conseilla, en attendant, de réciter son texte à Gabriel.

16

Aux instants, je ne puis prédire leur histoire

On aurait dit que les clientes s'étaient donné le mot pour prendre d'assaut le salon, un jour de semaine où on ne frise généralement que l'ennui. Cheryl décida que dans la vie, il y a des priorités et fit une annonce : elle abandonnait le salon à ses stagiaires pour la journée. Il était temps qu'elles passent à l'acte, autrement elles ne progresseraient pas.

Sylvie fit claquer ses lèvres une ou deux fois en signe de satisfaction. Nelly entama un discours annonciateur de catastrophes lesquelles culminaient dans la fermeture du salon, la ruine de Cheryl et le probable suicide de ses deux stagiaires.

D'un ton posé, Sylvie commenta que non, elle ne voyait pas les choses à ce niveau-là. Cheryl leur ouvrait une piste prometteuse. Elle, elle était a priori complètement solidaire de ça. La consommation était un devoir civique et personnellement elle croyait à l'initiative personnelle pour consommer et faire consommer davantage.

Cheryl essaya de se rassurer. Après tout les hommes politiques parlaient comme ça et même eux ne réussiraient pas à ruiner un petit commerce en une demi-journée.

Avant de monter, elle fit ses ultimes et solennelles recommandations : bien se rappeler que la cliente n'est pas reine, le coiffeur ne doit pas nécessairement aller dans son sens mais s'attacher à la personnalité inscrite dans les traits du visage, que cela seul devait déterminer le choix de la coiffure.

– À part ça, s'il y a un problème, Gabriel est en haut et je ne serai pas absente longtemps.

Dès l'escalier, Cheryl s'étonna du silence. Furieuse, elle finit son ascension à pas de loup pour mieux surprendre les deux grosses loches paresseuses qui se tournaient les nageoires pendant qu'elle s'échinait.

Elle passa la tête par l'entrebâillement de la porte, vit tout d'abord la grande carcasse de *Chirac*, son unique œil valide au plafond, debout, masquant la moitié d'un mur du living, son teint violacé, son nez couleur d'incendie et ses gros bras péniblement croisés sur sa large poitrine.

Mi-allongé sur son fauteuil, Gabriel, sans le savoir, faisait miroir, œil au plafond, bras croisés, bouche pincée.

Chirac murmura boudeur :

– Elle va bientôt venir, Cheryl ?

La voix un peu perchée, filtrant entre ses lèvres presque closes, Gabriel répliqua :

– Oh, elle dira comme moi, Cheryl. Les scènes d'amour, c'est pas encore le moment. Et moi, je dirais que ce n'est jamais le moment. Rien de plus chiant que des gens en costumes qui se balancent des trucs pseudo-poétiques et nia nia nia, au lieu de baiser, ce que font les vrais amoureux. En plus elle est géniale la scène de Richard. *J'ai peur de qui ? Il n'y a personne, ici. À part moi. J'ai peur de moi, alors ? Mais Richard aime Richard, autrement dit : je suis moi. Y a-t-il un meurtrier ici ? Non. Si. Moi. Alors fuyons. Quoi ? Me fuir moi-même ?*

Ou alors, tu sais,

Tu es nu, misérable et tu crains la mort !

La famine ronge tes joues,
La nécessité et l'oppression fissurent tes yeux
Le mépris et la mendicité courbent ton dos
Le monde n'est pas ton ami, ni sa loi
Le monde interdit que la loi t'enrichisse
Alors ne sois pas pauvre et viole-la.

Puis il ajouta pour plus de clarté : « la loi ».

Chirac, sans même regarder Gabriel, souffla :

– Moi, je veux faire Roméo. Je m'en fiche, c'est ce que j'ai travaillé.

Cheryl gonfla ses poumons, refroidit son extérieur, figea son visage en courroux et darda des regards féroces avant de faire une entrée tonitruante :

– Qu'est-ce que ça veut dire ?

Les deux hommes baissèrent l'échine :

– Depuis huit heures ce matin je n'ai pas arrêté, après une nuit d'horreur totale et vous êtes là à ergoter, alors que je vous avais demandé une chose, une seule, extrêmement simple...

Les deux lancèrent simultanément, doigt accusateur tendu vers l'autre, comme deux épées prêtes à croiser le fer :

– C'est lui qui...

Cheryl les interrompit d'une voix ferme :

– C'est les gens comme vous qui donnent une mauvaise réputation aux enfants.

Et comme les deux ouvraient à nouveau la bouche, Cheryl les empêcha d'aller plus loin :

– Pas besoin d'explication. J'ai compris, merci. *Chirac*, je vous promets qu'après, on passe à Roméo. Vous n'en êtes pas à deux jours près ?

Chirac se tortilla, pieds en-dedans, l'air vraiment emmerdé :

– Ben, ça commence à urger sérieux. Mais si vous me promettez… Deux jours, pas plus…

– Ça depend de vous. De votre travail. Quant à toi Gabriel, tes commentaires sur l'amour n'intéressent personne et ils sont tellement bites que pour tenter de désengorger ton cerveau-éponge imbibé de yaourt liquide, tu vas me lire *Comme il vous plaira*, acte III, scène 2. Maintenant, avant de partir, les dernières nouvelles du front. Le Polonais ne l'était pas, je viens de voir sa sœur. Rétroviseur le bien nommé, obsédé par le passé, oubliait de regarder devant. C'est peut-être ce qui l'a fait trébucher.

– Que quoi ? interrogea brièvement Gabriel.

Chirac qui, lui, avait suivi, intervint :

– La mamie est dans un état ! Elle avait cru tous ses mensonges. C'est pour ça qu'elle vous a envoyé la sœur. Pour votre enquête. Et maintenant c'est Xavier qui a disparu…

– Xavier !

– Xavier ? s'exclamèrent simultanément Gabriel et Cheryl qui se reprit la première pour commander :

– Asseyons-nous et chacun son tour, c'est-à-dire, moi d'abord.

Elle résuma sa conversation avec la jeune fille et conclut :

– Si ce pauvre garçon voulait jouer les héros, comme son père résistant, il découvre le trafic de Crusonnier, se prend pour un redresseur de tort et Crusonnier le descend, le laisse devant chez lui. Schéma classique. Les flics penseront que, si c'était lui le meurtrier, il aurait mis le corps ailleurs.

– Et le vieux de la République, objecta Gabriel.

– Il avait peut-être vu quelque chose. Témoin gênant. Supprimé.

– Ça ne colle pas. Crusonnier ne serait pas venu me trouver. Et le chapelet ?

– Fastoche. Les Polonais sont des catholiques effrénés. Moi, je rejetterai l'hypothèse quand tu me l'auras prouvée fausse. Faut être méthodique. À vous, *Chirac.*

Chirac n'avait pas grand-chose à dire si ce n'est que Xavier avait laissé toutes ses affaires chez la mamie et n'avait pas reparu depuis la veille. Le règlement interdisait de découcher car un lit abandonné, c'était un lit dont un autre ne profitait pas.

Gabriel reprit la balle au bond et raconta ses visions nocturnes. Il avait peut-être assisté en direct au tournage d'un snuff-movie, ces films pour sadiques où l'on tue pour de vrai la victime devant la caméra.

– Tu disjonctes, Gabriel. Dans un appartement en plein Paris, dans un immeuble plein de monde…

– Au contraire, anonymat garanti. Et les cris, c'est ce qui s'entend le moins à Paris. Et j'ai bien cru reconnaître Xavier. Et Xavier a justement disparu. Ça fait beaucoup.

– Trop. Je peux pas m'occuper de tout. Je commence avec Crusonnier. Et vous, pendant ce temps, vous avancez sur la scène des fantômes.

– Qu'est-ce que tu comptes faire avec Crusonnier ?

– J'ai un plan.

– Putain Cheryl, arrête un peu. Tu prends même pas le temps de réfléchir, hop visite de squat, drogués à droite, trafiquants à gauche, houps détour par les catacombes, vlan passage à tabac d'un suspect improbable, zip une petite mise en plis pour garder la main, tac papotages de coiffeuse, crac allons voir si le tueur présumé a quelque chose à dire pour sa défense et à t'entendre, tous les SDF sont polonais. T'es bien mignonne mais t'as une cervelle d'oiseau parfois, alors, écoute-moi bien, je t'interdis…

Cheryl alla déposer un baiser mutin sur la joue d'épouvantail du balèze ahuri nommé *Chirac* et lui murmura :

– C'est vous qui avez raison, *Chirac*, quand on ne sait pas parler aux femmes, on apprend.

Elle enfila un imperméable sur sa blouse, ajusta un délicieux béret sur sa tête, agita les cinq doigts en battant simultanément des cils et d'une voix d'évaporée chantonna *Bye bye, baby.*

La dernière syllabe vibrait encore dans l'air quand Cheryl claqua la porte d'entrée.

17

Quand tu te faneras, tu t'accroîtras tantôt
En un enfant de toi, de tout ce que tu laisses

Cheryl, en réalité, ne discernait pas l'ombre d'un plan dans aucune de ses cellules grises. Elle n'avait pas une cervelle d'oiseau, juste la conviction que, qui n'avance pas recule, et que, quand il fallait y aller, fallait y aller. Voilà, elle était allante. Et tout allant, elle se trouva à découvrir sa voiture dont le pare-brise disparaissait sous les contredanses, avec menace d'enlèvement à la clé. Elle ramassa les papillons en petit tas propre et les rangea dans son sac. À son habitude, elle en paierait la moitié et ferait sauter l'autre par sa bonne cliente madame Dudevent, femme de commissaire, et amie.

L'auto était garée dans un couloir d'autobus, devant une sortie de parking. L'abrutie d'andouille vicelarde de mes deux miches fendues en quatre, grommela-t-elle. Elle ne parlait pas de Mick mais d'elle-même car elle avait toujours assumé ses responsabilités. Non seulement elle voyait infailliblement la paille dans son œil mais elle y ajoutait aussi la poutre de l'autre pour faire bonne mesure.

Où allait-elle maintenant parquer son paquet de tôle chérie alors que les trottoirs eux-mêmes débordaient de monstres roulants ?

Elle faillit crier Eurêka en s'apercevant qu'elle allait régler deux problèmes d'un coup ! Elle grimpa au volant de son bolide et fila jusqu'au garage de Crusonnier dans lequel elle pénétra sur un coup de klaxon allègre.

Elle descendit dans le garage apparemment désert, et pourtant grand ouvert.

– Monsieur Crusonnier !

Elle frissonna par réflexe. Ça sentait l'huile et la bière et le silence.

Elle alla respirer un coup sur le trottoir, comme pour se rassurer qu'il y passait des piétons prêts à courir à sa rescousse mais la rue, elle aussi, était vide.

Qu'est-ce qu'elle risquait ? *Chirac* et Gabriel savaient où elle allait. S'il lui arrivait malheur… on trouverait le coupable mais, pour elle, ce serait trop tard.

Elle se rassura en parlant à voix haute, car *comme toutes les femmes, quand elle pensait, il fallait qu'elle parle* :

– Je suis une cliente. Il n'a aucune raison de se méfier. Je ne vais pas lui jeter tous mes soupçons à la figure. Je suis la coiffeuse de sa femme, avec un allumage incertain. Un gros problème quand on est pressé et qu'on ne peut pas démarrer au quart de tour. Allez bibi, on y va.

Et elle entra à nouveau dans le garage. Une voiture était posée sur un pont. Elle alla jeter un œil dans la fosse vide. Derrière la porte vitrée, le petit bureau, dont le comptoir croulait sous des amas de factures, papiers, garanties diverses, était également abandonné avec juste la trace invisible d'une présence récente. L'occasion faisant le larron, elle appela une nouvelle fois, très fort, et commença à fouiller dans la paperasse. Elle se demanda ce qu'elle espérait bien trouver : une lettre de chantage, une confession ? C'était idiot. Il lui fallait Crusonnier et elle ne pouvait pas s'absenter plus d'une heure du salon.

Un dessin incongru attira son regard. C'était une série de pointillés maladroits, en cercles concentriques comme une spirale étouffante, qui était punaisée au-dessus de la caisse enregistreuse. On aurait dit un dessin d'enfant. Malsain.

Ce bureau était sinistre avec sa peinture jaune pisseuse cloquée, sa chaise au coussin de skaï fendu et son calendrier des Postes représentant un chiot et un chaton, l'air crétin dans leur panier d'osier.

Elle chercha en vain un escalier menant à l'étage et se résolut à emprunter le monte-charge qui était arrêté au premier. Elle appuya sur le bouton et le bruit de pétarade qui accompagna le démarrage la fit sursauter.

Elle gardait la tête levée dans l'espoir d'apercevoir un signe de vie, un mouvement quelconque là-haut. La plate-forme approchait avec une lenteur insupportable.

Elle n'était plus qu'à un mètre cinquante du sol quand Cheryl aperçut une forme écroulée contre un des piliers de support, le bleu presque noir, taché de graisse, du vêtement de travail, une jambe repliée, l'autre tendue raide et la tête inclinée vers la poitrine. Dans celle de Cheryl, le cœur accéléra, pompant des litres de sang à toute vitesse comme pour la rassurer du flot de la vie qui continuait.

Elle chancela vers le tableau des boutons, s'y cogna le coude, rebondit vers la plate-forme qui, dès qu'elle y eut posé le pied, repartit vers le haut. Elle voulut sauter, échapper à ce départ en radeau, mais se sentit rattrapée par la cheville en même temps qu'une voix rauque et faible demandait :

– Qu'est-ce que vous faites là ?

Elle fit volte-face, déséquilibrée vers l'arrière, ramant des deux bras pour revenir à la verticale. Une main ferme et humide arrêta sa chute. Crusonnier debout, le visage ruisselant, l'œil injecté de sang, comme ivre, semblait chercher à la reconnaître à travers un rideau de larmes.

– Monsieur Crusonnier – ça, c'était pour lui rappeler qui il était. C'est Cheryl, la coiffeuse de votre femme.

– Haaaa…

Un hurlement de bête arrêta sa tentative de rationalité.

– Ne me parlez plus jamais d'elle.

Cheryl rentra la tête dans les épaules dans l'attente du coup qui ne vint pas. Crusonnier glissait à nouveau vers le sol, tout agité de sanglots.

– Je suis puni, puni, puni, répétait-il.

Cheryl sentit la confession approcher. Le monte-charge s'était arrêté au premier.

– Si on redescendait, monsieur Crusonnier ? Où est-ce que j'appuie ?

– Je ne peux pas descendre plus bas, balbutia le garagiste hébété.

Et Cheryl le gifla.

– Excusez-moi mais on ne va pas pouvoir continuer comme ça. Ça va ? Vous m'entendez ? Vous me reconnaissez ?

Ça devait aller mieux car il s'essuya les yeux et lui indiqua le gros bouton rouge qui les ramènerait au sol.

Cheryl s'accroupit près de lui, prit le ton austère et objectif qu'elle prêtait aux psychanalystes et dit :

– C'est le remords. Vous ne pouvez pas vivre avec.

– Le remords ?

Il la regarda, interloqué.

Il serait plus dur à cuire qu'elle n'aurait cru.

– La violence, c'est un cycle infernal. On tue une fois, puis deux. Un meurtre entraîne l'autre. Il faut arrêter ça. Parlez-moi. Dites-moi ce qui vous arrive.

– C'est vrai, dit-il d'une voix forte. C'est pour ça que je dors au garage maintenant. Oui. Si je la revois, je la tuerai, c'est sûr. Pourtant je suis contre la violence. Je n'ai jamais tué personne. Je ne pourrais pas mais elle, elle…

– Pourquoi voulez-vous tuer votre femme ? Elle sait quelque chose ?

Ils étaient arrivés en bas mais Cheryl pensa que le va-et-vient facilitait la confession. Comme un effet berceuse genre hypnotique. Elle rappuya sur le bouton et ils repartirent vers l'étage.

– Elle sait ? Bien sûr qu'elle sait. Et elle s'en fout. Elle est comme ma mère, sans cœur.

– Vous voulez dire qu'elle sait pour les casses, les médicaments…

– Mais qui parle de ça ? Tout le monde est au courant. Tout le monde s'en fout.

– Moi, moi, je vous en parle. Et elle sait pour le meurtre du Polonais…

– Quoi ? Mais Lecouvreur m'a garanti qu'il était mort avant que… que je… Écoutez je n'aime pas y penser. Même s'il était déjà mort. J'en fais des cauchemars la nuit. Je roule sur une bosse, c'est la même sensation et j'entends quelqu'un qui pleure, qui m'appelle comme un enfant et puis plus rien.

– Mais vous le connaissiez, Rétro quelque chose ?

– Moi ? Je l'avais jamais vu.

Cheryl se releva perplexe, rappuya sur le bouton rouge et dit fermement :

– Venez, on va aller boire un café.

Elle aida le gros à se remettre sur pied. Il passa un bout de veste crasseuse sur son visage pour l'assécher complètement et quand ils se retrouvèrent au rez-de-chaussée, il s'exclama, d'un air soulagé :

– Vous êtes quelque chose, vous ! Je me sens léger. C'est extra.

Cheryl descendit du monte-charge. La tête lui tournait un peu :

– Bon, ben allez vous laver les mains. Ça vous embête pas si je vous laisse la voiture ?

Cinq minutes après, Crusonnier et Cheryl pénétraient au Pied de Porc.

Léon qui était vautré sous une chaise, la tête appuyée lourdement sur ses pattes croisées, la leva brusquement, plein d'espoir en reconnaissant l'odeur de Cheryl. Il se cogna le crâne, gémit doucement. Gérard se précipita mais Léon détourna la tête et ferma les yeux.

Cheryl embrassa Gérard, demanda :

– Ça va ?

– Moi oui, répondit Gérard mais c'est Léon. Je sais pas ce qui le travaille mais il mange plus, il sort plus. Il est complètement apathique.

– Ben, il rajeunit pas, tu sais.

Léon avait entendu. Il soupira. Les hommes ne connaissaient pas ce tourment où l'on n'a même plus de sympathie pour soi-même. Le Poulpe ne venait plus. Le Poulpe était mort et Léon en était la cause et lui seul le savait. Ses entrailles se resserrèrent un peu plus et il plia les oreilles.

Après ces paroles peu consolantes, après avoir donné des nouvelles de Gabriel que Gérard se reprochait de ne pas être allé voir, Cheryl commanda deux plats du jour et s'attaqua au tourment de Crusonnier.

Elle demanda :

– Ce n'est pas à cause de votre femme que vous pleuriez.

– Non, la vipère. C'est mon fils !

Cheryl sentit ses yeux s'agrandir, empiétant largement sur son front. Le garagiste s'essuya les mains sur une serviette blanche qui ne retrouverait plus jamais sa couleur d'origine et chercha à l'intérieur de son bleu, dans une poche de chemise, un cliché qu'il tendit à Cheryl.

Elle resta émue et silencieuse devant les mystères de la génétique. Comment deux créatures aussi foireuses que Crusonnier et sa femme avaient-elles pu donner naissance à un enfant aussi beau ?

– Il est magnifique, hein ? Ma femme l'a jamais supporté. Dès qu'il a grandi, elle a plus voulu de lui. J'ai dû trouver un établissement spécialisé, privé, bien sûr. Un bel endroit. Ça me coûte... peu importe. Il est bien soigné. Il y est bien. Enfin, c'est ce que je croyais.

– Soigné ?

– Il est autiste. Et hier, il s'est jeté contre une fenêtre fermée, tailladé de partout.

Il ne pleurait plus. Il était calme tout à coup. Et beau, lui aussi.

Cheryl soupira. Elle ne s'était pas attendue à ça. Elle se dit qu'en dépit de ses efforts, la vie ne serait jamais simple.

18

Par un matin de pluie après la nuit de vent

La porte du salon de coiffure semblait s'être alourdie. Cheryl dut donner de tout son dos pour qu'elle cède. Crusonnier devait déjà être en route vers son fils qui l'ignorerait, avant de rentrer vers sa femme qui le rejetait, dans un quartier qui le vomissait. Le malheur ne rendait pas forcément ses victimes sympathiques, mais Crusonnier venait de s'introduire au forcing dans le cœur de Cheryl qui possédait une entrée large mais pas de sortie.

De toute façon, elle n'eut pas le temps de s'appesantir sur son blues du jour car elle venait de pénétrer dans l'enfer de Dante. Ça geignait, ça pleurait, ça gémissait de partout.

Madame Le Dantec, une vieille cliente au doux visage qui se faisait faire chaque semaine sa mise en plis classique, petites boucles près du crâne, surgit, le cheveu aplati, lissé en arrière à la gomina, une garçonne des années trente avec un visage de bourgeoise apeurée par en dessous :

– Cheryl, vous voilà. Sauvez-moi. Elle les a coupés, coupés. Jusqu'au dernier. Regardez.

Et elle offrit sa nuque rase à la compassion de Cheryl. Derrière elle, la timide Françoise, prof de musique, une chouchoute de Cheryl qui adorait son visage de madone et ses longs cheveux, avec la frange carrée, n'arrêtait pas de se passer les mains dans sa coupe à l'asymétrie violente, une mèche recouvrant l'œil gauche. Cheryl lui prit le bras à court de mots et Françoise, mignonne, dit :

– Remarquez, c'est joli en soi mais je crois que je ne pourrai pas m'habituer.

Et elle fondit en larmes.

Pire que tout, au fond du salon, madame Caubère, la grande névrosée qui venait se faire enlever un demi-centimètre de cheveux chaque mois et qui était persuadée que toucher à ses excroissances capillaires, c'était attenter à son intégrité de vierge sacrée, se regardait pleurer dans le miroir, comme les enfants essaient des mimiques convaincantes pour s'assurer que leur désespoir sera perçu à la mesure de son ampleur.

Comment Nelly avait-elle réussi à faire trois clientes en une heure ! Quelle malchance ! Où était-elle ? Triples foutaises, elle en massacrait une autre encore :

– Nelly ! Arrêtez immédiatement, ne touchez plus à rien !

– Ah non, Cheryl, je veux qu'elle finisse.

Cheryl avisa alors les deux copines, Viviane et Rebecca. Nelly terminait le brushing de la première, « Viviane goût de chiottes », qui se faisait toujours des espèces de chignons à la Bardot sous lesquels son visage délicat et fin se ratatinait. La jeune fille était métamorphosée par une simple coupe au carré et se regardait, lumineuse de plaisir, dans le miroir. Quant à Rebecca, Nelly lui avait simplement rafraîchi la coupe courte, aussi bien que Cheryl l'aurait fait elle-même.

– Bon, finissez, mais...

Mais il fallait parer au plus pressé et Cheryl s'approcha de la plus malade, madame Caubère, à qui elle mouilla tendrement les cheveux, juste un peu trop gonflés à la laque :

– Ce n'est rien, vous verrez. Vous serez pareille. je vous promets, pareille.

Elle demanda à madame Le Dantec, d'aller au bac à shampoing :

– Sylvie ! Un shampoing. Sylvie !

Sylvie apparut, tête basse et la douce madame Le Dantec hurla :

– Non, non pas elle.

Cheryl comprit enfin :

– Sylvie, c'est vous…

– C'est de votre faute aussi, pleurnicha Sylvie. Vous m'avez dit que les clientes avaient toujours tort.

Cheryl n'insista pas. Elle convainquit madame Le Dantec que Sylvie se contenterait de lui laver les cheveux, fit asseoir Françoise à côté d'elle pour discuter des moyens de récupérer la coupe désastreuse pendant qu'elle réconfortait madame Caubère.

Personne ne pleurait plus.

L'atmosphère était presque détendue quand *Chirac* déboula de l'escalier en annonçant qu'il était pressé mais qu'il avait bien travaillé et qu'il pouvait le prouver. Sans plus attendre, il se mit à courir dans tous les sens, Richard III plus vrai que nature, claudiquant et monstrueux. Il dénicha un fantôme sous le bac à shampoing, un autre dans le miroir mural, concrétisant le troisième en agitant fébrilement une grande serviette éponge. Il était hallucinant de vérité, dans la terreur et le scepticisme mélangés, utilisant son œil borgne pour une pantomime désespérée.

Ce petit intermède théâtral acheva de distraire les clientes traumatisées. Elles n'en perdirent pas une miette et quand enfin, Richard III, hébété, s'assit sur un tabouret de manucure pour déclarer d'une voix blanche :

J'y ai vraiment cru. Ces visiteurs, déboulant l'un après l'autre sous ma tente, ce sont les fantômes de mes victimes. Et tous criaient vengeance.

Vengeance qui s'abattra demain, sur la tête de Richard, concluant ainsi la scène du dernier acte, de faibles mais spontanés applaudissements éclatèrent.

Cheryl annonça qu'en récompense, demain ils attaqueraient Roméo et *Chirac* partit, un sourire de printemps sur ses vieilles lèvres crevassées, finir des travaux de maçonnerie chez la mamie.

Secondée par Nelly et ne laissant plus accomplir que des tâches subalternes à Sylvie, Cheryl s'affaira à réparer les dégâts, à coiffer les rendez-vous de l'après-midi.

Quand Gabriel lui eut fait savoir pour la quatrième fois, à coups de canne répétés, martelés depuis l'étage, qu'il voulait la voir, elle monta en courant, resta à l'entrée et hurla :

– Je suis débordée. Je répète : débordée. Toi, tu n'as jamais travaillé, alors tu la fermes. Crusonnier est out, je répète out. Et si tu continues je t'envoie Nelly. Et… lis *Hamlet*. C'est une enquête policière. Ça sera plus dans ton registre que les subtilités de *Comme il vous plaira*.

– Ils sont illisibles tes textes. Des vraies pattes de mouche. Pourquoi c'est écrit à la main ?

– Parce que c'est du tout neuf en cours. L'œuvre complète en nouveau français. Et je suis consultante. Ça te la coupe, hein ?

Elle tourna les talons.

Gabriel qui s'ennuyait à cent sous de l'heure et avait préparé un speech de revendications furieuses, s'ajusta à l'humeur de sa geôlière comme il la voyait maintenant et, s'efforçant d'apparaître misérable et digne de pitié, geignit :

– Je veux être transféré au Pied de Porc.

– Transfère-toi tout seul, si tu veux. De toute façon, eux aussi ils travaillent. Tu vois toujours les autres comme des coqs en pâte dont l'unique mission dans la vie est de bavasser avec toi. Bienvenue dans la réalité mon pote. Et si tu t'emmerdes tellement avec toi-même, dors mon vieux, dors, dors. *C'est le moyen le plus simple d'en finir avec les chagrins du cœur comme avec les souffrances que la nature inflige au corps.*

Elle redescendit en trombe. Quelle journée de folie. Elle venait à peine de se remettre au travail que la sonnette d'entrée retentit. Bon sang, il en sortait de partout. Tant pis. Cette fois, la cliente reviendrait un autre jour. La coiffeuse était sur les rotules.

Elle se retourna et son visage décidé mollit instantanément en reconnaissant la mamie et ses cheveux mauves. C'est vrai qu'elle y était allée un peu fort, ils étaient carrément violets. La vieille dame lui dit gentiment avec un geste de ses doigts alertes :

– Finissez, finissez.

Cheryl s'approcha quand même pour l'embrasser et l'aider à s'asseoir. Elle dit machinalement :

– Rien de grave au moins.

De sa voix flûtée, dans un souffle léger qui balaya Cheryl comme un ouragan, elle dit en se laissant tomber sur le fauteuil :

– *Chirac* en a trouvé un autre. Il est dans tous ses états. Je veux dire, *Chirac*. Il me croit toujours plus faible que je ne suis. Mais finissez, finissez, on ne peut plus rien pour lui. Le mort est dans le caniveau devant ma porte et *Chirac* avec lui.

– C'est qui ? Quelqu'un que vous connaissez ?

– Oh, je les connais tous mais ce n'était pas un pensionnaire. Lui ne supportait pas d'être enfermé. Il avait passé son enfance dans des maisons de correction.

Cheryl calcula rapidement qu'il ne restait que deux têtes, qu'elle pouvait les confier à Nelly. Tout cela fut organisé en deux secondes.

Elle fit monter la mamie qui protestait qu'il n'y avait pas urgence. Le vieux était mort. On ne pouvait plus rien pour lui. Mais c'est pour Xavier qu'elle se faisait du souci. C'est pour Xavier qu'elle était venue.

Cheryl la laissa avec Gabriel le temps de préparer du thé, remède souverain dans les temps de crise.

À peine avait-elle posé le plateau que Gabriel, d'un ton sec, lui intima de filer chez la mamie et de se débrouiller pour voir si le nouveau cadavre n'avait pas, par hasard, «ce qu'elle savait» dans la main.

Si Cheryl supporta mal son ton hargneux, elle dut reconnaître qu'il n'y avait pas de temps à perdre pour arriver avant les flics et bravement, repartit en courant.

Un attroupement s'était formé devant chez la mamie. *Chirac*, livide, essayait de tenir la foule à distance. Il parut soulagé en apercevant les boucles blondes de Cheryl, mises en berne par la pluie, et l'aida à se frayer un chemin.

Elle ferma brièvement les yeux devant la tête crépue et noire que la mort faisait virer au gris maronnasse. Il était connu dans le quartier. Éternellement mutique, il secouait la tête mécaniquement, longuement quand on lui proposait l'aumône et passait ses journées à déambuler autour de la place de la République, s'arrêtant, toujours aux mêmes endroits, parfaitement immobile, pour des haltes incompréhensibles. Les gens du quartier lui déposaient de la nourriture à laquelle il ne touchait pas. Et voilà, il était mort. Il avait semblé tellement peu vivant qu'on l'aurait cru éternellement posé entre la vie et la mort. Cheryl souhaita de toutes ses forces qu'il y eût un ailleurs lumineux et serein pour les gens comme lui que la vie n'avait pas su accueillir. S'agenouillant, elle lui défit doucement les doigts crispés de la main droite et sentit, au bout des siens, la petite boule dure et lisse. À croire que l'assassin se prenait pour le Petit Poucet. Elle se jura de remonter jusqu'à lui, quoi qu'il arrive.

19

Je suis sourd au censeurs et aux flatteurs aussi

De nouvelles clientes s'étaient encore pointées au salon. Cette fois, Cheryl les rembarra. Qu'elles reviennent demain. Le salon fermait. La consternation se lisait sur les visages.

– Mais qu'est-ce qui se passe à la fin ? demanda Cheryl exténuée.

Toutes se plongèrent dans la contemplation silencieuse de leurs orteils. Sylvie, qui errait comme une âme en peine derrière les bacs, prit son courage à deux mains pour regarder sa patronne en face :

– C'est la télé, Cheryl. Gaston fait son émission depuis la place de la République.

– Et vous pensez passer à l'antenne ! Et vous croyez que dans la foule, une mise en plis fera la différence. Dans le poste, tout le monde devient pareil ! J'ai honte pour vous.

Regards mornes.

– Chair à télévision.

Regards vides.

– Je vous en conjure, restez chez vous. Gardez votre dignité. Vous existerez cent fois plus en laissant la place de la République vide, qu'en vous pressant anonymement pour faire un fond coloré à n'importe quel imbécile et justifier son salaire exorbitant par sa pseudo-popularité. Car c'est tout ce que vous serez, un fond coloré…

Cheryl hésita à monter sur un tabouret pour animer sa harangue. La sonnette d'entrée retentit.

Gérard pointa le nez, reconnut Cheryl au milieu des clientes attentives, sourit :

– Tu peux me rafraîchir la nuque ? Il paraît que la télé…

Cheryl pointa du doigt vers l'escalier en hurlant :

– Va m'attendre là-haut !

– C'est que j'ai pas beaucoup de temps…

Cheryl le foudroya, autant qu'elle put, du regard. Gérard fila. Elle revint à ses clientes, visage fermé, sévère, méconnaissable. Une cliente leva le doigt et dit d'une voix faussement enjouée :

– Moi, c'est pas pour la télé, je vous assure. C'est ma sœur et son mari qui viennent dîner à la maison.

Les autres clientes, trouvant la méthode astucieuse, renchérirent qu'elles non plus, ce n'était pas pour la télé, elles avaient, qui une sortie, qui un rendez-vous demain matin à la première heure. Cheryl soupira :

– Moi, je ne peux pas m'occuper de vous ce soir mais si Nelly et Sylvie veulent faire des heures supplémentaires, je ne m'en mêlerai pas.

À peine avait-elle tourné le dos que le salon se mit à bruire comme une volière délicate, soupirs, rires étouffés, conciliabules à voix légère. Cheryl songea qu'elle devenait comme Gabriel, puritaine, donneuse de leçon, moralisante. Et si ça les amusait ? De quel droit voulait-elle gâcher leur plaisir ?

Elle monta l'escalier d'un pas lourd et se trouva face à la mamie qui s'excusait mais elle ne pouvait plus attendre, *Chirac* allait s'inquiéter. Elle ne voulait pas le laisser seul face à la police, aux questions. Ce n'était pas vraiment un verbo-moteur, le pauvre garçon.

Cheryl s'inquiéta de sa mauvaise mine, l'adjura de se reposer un peu mais elle savait que sa tentative était vaine. La mamie avait une mission et aucune grippe, aucune sciatique, aucune arthrose n'avait jamais pu l'en détourner.

– J'ai tout dit à Gabriel. Si vous pouvez essayer de retrouver Xavier. C'est un tel naïf. Il a pu tomber entre les pattes de n'importe quel sadique et il y sera allé en souriant.

– Vous n'êtes pas responsable de tous les clochards de Paris, mamie.

– Pas après leur mort, ça, c'est l'affaire de Dieu, mais tant qu'ils sont vivants, oui. Je laisse les morts enterrer les morts et je prie pour eux en vrac mais, pour les vivants, je garde toujours espoir.

– Dieu vous bénisse, murmura Cheryl qui en resta interloquée.

Il y avait bien longtemps qu'elle ne l'avait pas évoqué celui-là. Décidément, tout allait de travers en ce moment.

Quelques bouteilles de bière vides gisaient au pied du fauteuil de Gabriel et Gérard, hilare, était en train de dessiner un message sur le plâtre de son copain. On voyait un petit rongeur, puis une vache aux mamelles exagérées, suivie d'un D, ensuite une portée ornée d'une seule note, un ré, une table simple, puis un voilier avec un marin tirant sur une corde et finissait avec une tête agrémentée d'une bulle : «Radio Paris».

Cheryl qui ouvrait déjà la bouche pour ramener les gars à plus de sérieux, se rappela son discours, rougit et se tut. Intriguée quand même, elle tenta de résoudre le rébus qui donnait : rapide rétablissement.

– Quelle bite ce Gérard, conclut inévitablement Cheryl avant de déclencher ce qu'elle appela en elle-même : tempête force cinq pour trois cerveaux.

Elle confirma que le nouveau cadavre était bien porteur d'un grain de chapelet et Gabriel raconta ses visions nocturnes sous l'œil sceptique de Gérard. Le bistrotier affirma :

– Je le connais le vieux. Il a une sale gueule mais il est carrément inoffensif. Non, je ne comprends pas pourquoi vous avez si vite lâché Crusonnier.

Cheryl releva le menton d'un air de défi. Gabriel soupira :

– Chasse gardée. Madame a ressenti une émotion. On n'a même plus le droit de le mentionner.

– Crusonnier n'y est pour rien. Je m'en porte garante. Le vieux, les films sados, je n'y crois pas. Ça ne colle pas avec les autres morts.

– Reconnais que pour Xavier, c'est notre seule piste. Moi, je ne serais pas immobilisé, j'irais faire un tour chez lui.

– Sous quel prétexte ?

– Mais avec mon rossignol. Pas besoin de prétexte. Dès que le type est absent…

– Il vient au Pied vers les onze heures en général, commenta Gérard.

Les deux hommes regardèrent Cheryl qui s'exclama :

– Quoi ? Ça va pas, non ? J'ai assez donné comme ça.

– Tu as raison, déclara Gabriel d'un ton soudain aussi ferme qu'un camembert de Prisunic. D'ailleurs je ne te laisserai pas faire. Beaucoup trop dangereux. Si ma théorie est bonne, ces types-là ne doivent reculer devant rien.

– Oui, souligna Gérard, sans compter que tu es connue dans le quartier. Moi, j'aurais bien tenté le coup mais y'a un type de la télé qui vient dîner au restau après l'émission. À ce propos, Cheryl…

– Oui, je sais.

– Non, mais c'est pas grave. C'est juste une bonne pub pour le restau.

– Oui, oui, assieds-toi là.

Et, songeuse, elle lui versa une carafe d'eau sur la tête.

Puis pendant qu'elle rafraîchissait la nuque de Gérard, Gabriel fit mine de réfléchir à voix haute :

– D'ici, on voit tout. Alors quand le bonhomme

est sorti, moi je pourrais faire le guet et avertir la personne qui est dans l'appartement, au cas où il rentrerait. Si Gérard a pas réussi à le retenir.

Les ciseaux de Cheryl dérapèrent sur l'oreille de Gérard qui frémit. Elle ironisa :

– Tu penses peut-être trouver le cadavre de Xavier dans l'appart…

– Non, mais des traces. Du sang par exemple.

– Je te l'ai dit, j'y crois pas à ta théorie. Je n'irai pas. Point.

– Tu as raison, dit Gabriel.

– Elle a raison, dit Gérard.

20

Pour moi, c'était l'hiver toujours en ton absence

Tapi dans l'obscurité, Gabriel guettait les fenêtres de l'appartement du troisième. Cheryl se changeait de tenue pour la cinquième fois. Oui, un caleçon noir moulant, un long tee-shirt gris et des tennis, c'est encore ce qu'il y avait de mieux. Elle se tordit la taille devant la glace de la salle de bains. Elle avait grossi des fesses. Elle se regarda de profil, rentra le ventre qui continua de faire un léger arrondi. Elle marqua la taille de ses deux mains. Couilles molles, je reprends la gymnastique demain. Si j'en reviens, pensa-t-elle très bas pour ne pas risquer que Gabriel l'entende.

À ce moment, deux coups de canne péremptoires retentirent sur le plancher. Cheryl avala sa salive et retrouva Gabriel.

Il chuchota :

– Ça y est. Il s'en va. Tu as les clés ? Tu ne confondras pas. Porte de gauche sur le palier. Ouvre la fenêtre pour m'entendre siffler. Et remets bien tout comme tu l'as trouvé. Si tu trouves quelque chose, tu laisses, hein ? Tu n'emportes rien. D'ac ?

– D'ac, essaya de dire Cheryl mais aucun son ne sortit.

Cheryl avait toujours vécu dans la légalité. Elle connaissait les activités de Gabriel en gros, jamais dans le détail. Elle l'avait aidé, couvert parfois grâce à ses deux ou trois relations, mais ce qu'il faisait, c'était son affaire.

Aux crispations de son estomac, Cheryl sentait bien que la théorie des snuff-movies avait fait son chemin en elle. Elle trouvait ça dégueulasse et tout, le genre de chose qu'il fallait empêcher à tout prix, mais pas elle. Et pas en première ligne.

Elle regarda le vieux traverser la cour. Elle le trouva monstrueux. Elle n'aurait pas aimé avoir à faire à lui. Son globe oculaire se mit à palpiter contre sa paupière. Elle pensa, «ne pas réfléchir, foncer de l'avant».

Gabriel lui roula une pelle profonde et passionnée qui glaça Cheryl. On aurait dit un baiser d'adieu.

Elle gagna la porte d'entrée, jambes de goudron chaud, longea le couloir du rez-de-chaussée et déboucha dans la cour où la minuterie s'éteignit dès qu'elle y mit le pied. C'était un signe. Un mauvais signe.

Elle longea le mur en regardant derrière elle tous les deux pas, puis, après avoir vérifié que la cour était bien déserte, qu'aucun visage ne s'affichait à aucune fenêtre, elle piqua un sprint jusqu'à la porte de l'autre côté de la cour.

Elle monta lentement jusqu'au troisième. Tout en elle lui disait, «N'y va pas, n'y va pas». Ça commençait à être agaçant. Alors elle se posta fermement devant la porte, chercha le trousseau de clés dans son minuscule sac en bandoulière. Elle choisit une première clé, l'enfonça dans la serrure. Ça ne bougeait pas. Elle en choisit une autre, heureuse d'avoir à se concentrer sur quelque chose de précis. Encore rien.

Elle fit tourner le trousseau dans sa main. Elle était incapable de reconnaître quelle clé elle avait déjà essayé. Toutes se ressemblaient. Elle vit sa main trembler et du coup, le tremblement gagna son corps et le trousseau tomba par terre dans un cliquetis atroce.

Elle attendit l'inévitable ouverture de porte, la voix courroucée :

– Qui êtes-vous ? Que faites-vous là ?

Puis la police, l'interrogatoire, la prison… Elle avait envie de pleurer.

D'un geste énergique, elle passa son avant-bras sous sa narine prête à couler et décida qu'elle essayait une clé, une seule, la dernière et si ça ne marchait pas, tant pis, elle dirait à Gabriel qu'aucune ne fonctionnait, qu'il y avait un verrou, que des gens l'avaient repérée en descendant les poubelles et, tout en montant un faisceau d'excuses, elle ferraillait avec l'ultime clé qui, bien sûr, tourna sans difficulté aucune. Le sort en était jeté. Elle entra.

Gabriel, l'œil largement habitué à l'obscurité, devinait la silhouette de Cheryl et l'encourageait en lui-même, la saupoudrant d'insultes amoureuses quand elle faisait ce qui apparaissait, à distance, comme une connerie.

Ouf, ça y est, elle était entrée. Elle refermait la porte. Très bien. Il la vit soudain partir en avant, propulsée comme par une poussée énergique.

Il attendit, souffle court, mais elle se rétablit en battant des bras, jeta un œil en arrière et vint s'immobiliser au milieu de la première pièce. Puis plus rien. Elle avait disparu.

Il se dit, calmement, qu'il pouvait y avoir une autre pièce de l'autre côté, puis, furieusement, qu'elle avait oublié d'ouvrir la fenêtre, puis, nerveusement, qu'il fallait qu'il boive quelque chose. Il but au goulot, contre ses habitudes, garda l'œil fixé sur les fenêtres obstinément fermées derrière lesquelles rien ne bougeait plus. Il répétait comme une litanie, c'est-à-dire en vain : «Ouvre la fenêtre, pouffiasse, ouvre la fenêtre, pouffiasse».

C'est un mouvement plus qu'un bruit qui attira son attention vers le bas. Paniqué, il aperçut le même groupe que l'autre soir, et, clairement dessinée, la caméra fatale pendant de la main d'un des types en blouson. Il arrondit ses lèvres affolées, souffla un jet de bière qui lui retomba sur le pantalon sans que le moindre son accompagne cette émission. Il avala le reste de liquide, s'étrangla, retenant le bruit de sa toux de la main, puis tout à coup, un sifflet pur, puissant et prolongé, sortit enfin de son gosier mais le groupe était déjà à la porte et pénétrait dans l'appartement.

21

Oreilles folles croient les folles calomnies

Après avoir buté sur une des piles de journaux qui encombraient l'entrée, Cheryl s'était immobilisée au milieu de la pièce, laissant ses yeux s'accoutumer à l'absence de lumière. Il n'y avait presque pas de meubles. Juste ces journaux en piles nettes, un peu partout le long des murs. Ça sentait le froid, le triste, sur un fond de vieux légumes bouillis.

À sa gauche, elle aperçut une malle métallique et s'accroupit pour l'examiner de plus près. Elle n'était pas verrouillée mais Cheryl ne se sentait pas de risquer les tâtonnements. Pour se retrouver main dans la main avec un cadavre inconnu, merci bien ! Elle sortit son minuscule stylo-lampe dont le fin trait lumineux obligeait à d'astucieuses reconstitutions.

Elle souleva le couvercle, l'appuya contre le mur. Des oripeaux lamés, de couleurs violentes, apparurent, un petit haut féminin, décolleté, ajusté, à minuscules boutons et une longue jupe fendue. Une chemise d'homme blanche, tachée de larges auréoles marrons, qui, en séchant, s'étaient transformées en croûte. Cheryl humecta son doigt tremblant, le frotta contre la tache. Son doigt rougit. Elle se sentit défaillir. La fenêtre. Elle avait oublié la fenêtre. Elle se leva, fit un pas.

Elle entendit alors une clé tourner dans la serrure de l'entrée.

Tout tremblement cessa. Elle renfourna les vêtements, ferma le coffre. Elle avait repéré des battants de placard dans le couloir qui menait à la cuisine.

Elle s'y engouffra, referma derrière elle et se pinça les narines violemment. Son nez s'était en effet niché contre un veston raide dont l'odeur de suées quadragénaires, mâtinées de naphtaline, était insoutenable. Instinctivement, Cheryl s'était planquée derrière les quatre vêtements pendant aux cintres mais du coup, elle ne comprit rien aux murmures assourdis derrière la porte.

Aussi silencieusement que possible, elle se faufila entre la veste et un pardessus et sentit quelque chose lui filer sur le dessus de pied.

Un rat ! Un rat, c'était sûr. Elle était enfermée avec des rats. Elle imagina le rongeur dépiotant son caleçon avant de s'attaquer au mollet ou bien s'accrochant de ses petites griffes, tentant l'escalade de sa jambe. Elle se concentra alors sur les visiteurs nocturnes qui lui semblaient nettement moins redoutables en comparaison.

Une voix sèche de fille retentit d'abord :

– Alors, je vous préviens, on a une heure et demie exactement et après on ne peut plus revenir ici. Le vieux veut plus nous prêter son appart parce que je lui ai pas donné de rôle. Donc, on n'a pas droit à l'erreur.

Elle avait une voix glaçante. Cheryl essaya de plaisanter intérieurement, comme quoi ça compenserait la chaleur qui régnait dans le placard.

Une autre voix de fille, grave et belle se plaignit alors du froid. Et Cheryl songea que chacun voyait midi à sa porte.

La première fille lui rétorqua qu'en tant qu'actrice méthodique, elle n'avait qu'à se dire qu'il faisait chaud et elle cita *Kazan et Baby Doll*, la scène de la balançoire où ils ont l'air de crever de chaud alors qu'ils mâchaient des glaçons pour ne pas faire de buée. Cheryl essaya de se rappeler si elle avait vu le film mais elle confondait avec *Lolita* et elle pensa que Voix Glaciale frimait.

L'actrice donc, puisque actrice il y avait, ne répliqua rien et Voix Glaciale reprit :

– L'autre bonne nouvelle, c'est qu'on n'a plus de pellicule. La première prise sera la bonne. Donc, on répète une fois…

Un cri étranglé fit frémir Cheryl.

Une voix de garçon, abrutie et traînante, enchaîna :

– C'est dégueulasse. Je veux pas mettre ça.

– Où est la chemise raccord ? interrogea Voix Glaciale. Celle-là, c'est pour après.

Elle eut un rire sinistre :

– Quand tu rampes vers la porte et qu'elle t'achève à coups de talons aiguilles…

– J'aurai une protection, genre rembourrage ou…

– Elle fera semblant. C'est une pro.

Des pas se rapprochèrent de Cheryl et s'arrêtèrent si près qu'elle fut sûre que les inconnus allaient entendre les battements de son cœur.

Voix Glaciale murmura :

– Il me faut un son direct impeccable. La répétition, on s'en fout. Il sera nul, c'est sûr. Mais il sait pas ce qui l'attend quand on tournera. La surprise, la peur, ça devrait marcher, mais je ne peux pas baliser à l'avance.

– Alors micro. Mais on risque de le voir.

– Avec le sang… Tu m'étonnes.

– Bon, on va répéter si tout le monde est prêt, hurla Voix Glaciale.

Cheryl n'osait pas entrouvrir sa porte. Est-ce que cette bite de Gabriel, allait au moins, pour une fois, contre tous ses principes, appeler les flics ? Qu'est-ce qu'elle pouvait faire, toute seule, face à un meurtre en direct ?

– Musique !

Une mélopée arabisante, monotone et irritante, retentit.

– Plus large le mouvement de hanches. Non, tu ne souris pas. Tu l'hypnotises. Regard de serpent. Pas mal. Eric, à genoux. Tu entres dans le champ.

– Il est où ça, le champ ? demanda la voix d'hébété.

Voix Glaciale expliqua calmement :

– Quand tu vois l'objectif de la caméra. Mais sans regarder la caméra.

– Mais alors je le vois pas.

– Bon, t'avances, c'est tout. Regarde plus haut, Eric. Plus haut. Tu regardes ses yeux.

– Hé, ça va pas, interrompit la voix grave. Il me tripote !

– Ouais on a vu. Mais c'est en situation. D'ailleurs...

Elle se mit à chuchoter et Cheryl n'entendit rien. Elle pensait que si ce n'était qu'un film porno, ça irait. Mais qu'ils en finissent. Elle avait de plus en plus de mal à respirer.

– Ouais, ouais. Ça serait peut-être pas mal qu'on CROIE qu'ils vont baiser et puis crac.

– Ouais, super dit l'hébété qui salivait par avance.

– Ah non, dit Voix Grave. C'était pas prévu comme ça.

– Mais c'est du cinéma, Corinne. Tu fais semblant.

De nouveau des pas qui se rapprochaient du placard dans un silence inquiétant. Cheryl se figea. Elle reconnut d'abord la voix de l'hébété :

– Ouais ?

Voix Glaciale chuchota :

– Tu la tripotes tant que tu veux quand on tournera. Ça la fera réagir. Mais seulement quand on tourne.

L'hébété prit un ton réglo pour répondre que d'ac, il comprenait.

– On reprend la répétition !

– Qu'est-ce que tu lui as dit ?

Voix Grave se méfiait à juste titre.

– Rien. Allez, au travail. On n'a plus de temps ni de pellicule, je vous le rappelle.

– Ni de merci, ni de salaire, murmura une voix si proche de Cheryl qu'elle crut que quelqu'un s'était introduit à son insu dans le placard.

– Je t'ai entendu, François. Si je vends le film, je veux dire s'il est efficace, on touchera tous.

– Tu parles ! Il y a une scène excitante dans ton putain de film et on la foire. Et tu la foires !

– Ouais je me suis plantée. C'est vachement intéressant. Il était trop gentil, c'était quoi son nom déjà ? Xavier. Et puis il est mort trop vite. Eric, déjà il a la tête de l'emploi, et il a bien compris. T'as bien compris ?

– Ouais !

«Couilles molles !» La répétition était terminée

et Cheryl ne savait toujours pas quoi faire. Et Gabriel n'intervenait pas. Et s'il avait eu un malaise…

Elle entendit «Moteur». Sa bouche s'assécha. «Action». Son cœur s'arrêta.

La musique s'éleva et Cheryl se mit à prier pour un accident de parcours, quelque chose qui empêche le déroulement du tournage fatal. Elle entendit des exclamations étouffées et une voix sourde, celle de l'actrice, qui disait : «Arrête, putain. Aïe, non, houps. Merde. Tu me le paieras.»

La même voix hurla soudain.

– Tu vas me le payer.

Un hurlement glaça les sangs de Cheryl. Tant pis, elle ne pouvait pas, elle ne pouvait pas laisser faire. Elle jaillit hors du placard, entendit la porte arrachée de ses gonds tomber au sol. Elle cria :

– Police, arrêtez tout !

Elle courut ouvrir la fenêtre si violemment qu'un rideau se déchira :

– Gabriel ! Gabriel, tu me vois ?

Elle se retourna vers les protagonistes figés muets :

– Il nous voit ! Il nous voit !

Et c'est alors qu'elle remarqua le coutelas en caoutchouc flexible d'où jaillissaient des jets de liquide rouge, Eric, assis sur ses talons, la chemise dégoulinante mais, à part ça, en pleine forme, se marrait en la regardant. Puis elle plissa des yeux craintifs quand Voix Glaciale, qu'elle reconnut aussitôt, petite, maigre, jeans et pull informe, cheveux courts, rassembla son énergie avant de la rejoindre en trois pas et, dressée sur la pointe des pieds, le regard fou, se mit à répéter convulsivement :

– Je n'ai plus de pellicule. Je n'ai plus de pellicule. C'est mon film de fin d'année et je n'ai plus de pellicule.

Et Cheryl, stupide devant la réalisatrice en herbe, réussit quand même à avoir un dernier mot de professionnelle :

– Croyez-moi, beaucoup de gens aimeraient pouvoir en dire autant !

22

Mon infini tracas me rend fol à lier

Deux heures plus tard, Cheryl était de retour sur les lieux du tournage désertés, seule dans l'appartement sinistre dont elle avait allumé l'unique ampoule pendant à un vieux fil électrique tressé.

L'équipe de Voix Glaciale, déjà au bord de la révolte, à cause des heures supplémentaires pas plus payées que les autres, de l'absence de repas chauds et du manque de matériel de base, avait réussi à empêcher la réalisatrice de destroyer Cheryl et Cheryl avait réussi à ramener tout le monde chez elle où ils arrivèrent en même temps qu'une escouade de flics que Gabriel, effet de la tension suivie de soulagement sans doute, sans parler de l'humiliation d'avoir été contraint de faire appel à eux, se mit à insulter en rafale : vu le temps qu'ils avaient mis à bouger leurs miches de fonctionnaires à bavures, les gens avaient le temps d'être assassinés plusieurs fois, ça quand il s'agissait d'embarquer des charters d'Africains, ils étaient vachtement plus rapides.

Le chef hurla qu'on l'embarque mais un troufion fit remarquer que, vu le plâtre, il faudrait une ambulance. On était pas sorti de l'auberge.

Voix Glaciale, Babette de son nom de baptême, répétait en variations de tons nuancées. Quel meurtre ? Quel meurtre ? Elle l'avait pas touchée la shampouineuse. Puis quand elle eut compris que c'était du meurtre d'Eric ou de Xavier, personne n'était clair là-dessus, elle répéta que c'était du cinéma, du cinéma. Les flics étaient d'accord avec elle qu'il était temps que le handicapé arrête le sien de cinéma. «Surtout avec son physique, il risque pas de faire carrière.»

Cheryl proposait frénétiquement à tout le monde un petit verre d'alcool roumain. «Du feu garanti sans flammes !» insistait-elle en riant sans conviction.

– Au secours ! La shampouineuse fait de l'esprit ! glapit Babette-Voix Glaciale.

Sur ce, le futur cadre syndical commenta que le jour où l'esprit et Babette se retrouveraient dans la même pièce, la fusée Ariane réussirait tous ses tirs.

Un flic, autodidacte dans l'âme, interrogeait l'actrice, toujours en costume exotique, sur l'origine de la danse du ventre et apparemment il voulait parler de l'origine anatomique car il joignit le geste à la parole. Son maquillage bleu et turquoise dégoulinant sur ses joues cramoisies, l'actrice lui fila une baffe et se vit menacée d'outrage à agent de la Force publique.

Pendant ce temps, Eric, ex-victime expiatoire au visage de boxeur cousu main, sous prétexte d'aider Cheryl à faire le service, s'était enfilé la moitié d'une bouteille de vodka et titubait de groupe en groupe en expliquant qu'il avait rien demandé à personne et qu'on était venu le chercher et qu'il n'avait pas l'intention de faire les frais de l'incompétence générale de la société, y'avait qu'à voir les tronches des gens dans le métro, indéridables, et pourtant lui, il faisait de la manche humoristique.

Bref, la confusion fut générale jusqu'à ce que Cheryl présente des excuses au nom de Gabriel et de l'actrice en expliquant que le traitement médical costaud suivi par Gabriel le rendait agressif, que les artistes étaient par nature instables, qu'elle était très reconnaissante à la police de s'être déplacée sur un simple appel au secours et qu'elle en parlerait au commissaire Dudevent dont elle coiffait la femme.

Exit l'escouade.

Elle alla ensuite chercher une liasse de billets dans la cachette du Poulpe et la glissa dans la main de Babette en espérant, in petto, que l'autre s'étouffe avec.

Babette rassembla ses troupes, fit semblant d'oublier Eric mais Cheryl fut très ferme et elle lui colla l'ivrogne dans les bras en rappelant que la soupe qu'on a touillée, on l'avale. Une fois la porte close, elle alla s'affaler en face de Gabriel qui ressassait que c'était n'importe quoi. C'étaient les médicaments. D'ailleurs il allait arrêter tout traitement. Et bien sûr il finit par une diatribe contre Cheryl, sans qui rien de tout cela ne serait arrivé. C'était le problème avec les évaporées qui trébuchaient sur leur ombre. Lui, appeler Police-Secours ! Il avait la honte, la honte grave foncée.

Cheryl repartit à la cachette plus du tout secrète du Poulpe et vint compter devant Gabriel une nouvelle liasse de billets de deux cents francs. D'une petite voix calme et rationnelle, elle expliqua que sa honte il pouvait se la découper en dentier pour ce qu'elle était utile, que c'était débile d'en être encore à voir le flic comme l'ennemi, que c'était plus facile de s'attaquer à eux qu'au ministre de l'Intérieur, c'était comme les Américains faisant passer en jugement un lieutenant lambda pour un massacre au Vietnam plutôt que de s'en prendre à l'état major, qu'elle allait encore une fois passer le balai derrière les déjections de Gabriel, c'est-à-dire dédommager le vieux dont elle avait fracassé le placard quand c'est le crâne de Gabriel qui méritait de l'être. Parce que tout ça, c'était son idée.

Et voilà pourquoi Cheryl se trouvait à nouveau dans l'appartement d'en face, attendant, sous la lumière jaunâsse pendant du plafond, le retour du vieux, pour lui présenter ses excuses et incidemment l'interroger sur un certain Xavier, acteur occasionnel.

Elle s'assit sur une des piles de journaux jaunis inexplicables et inutiles mais où du moins la crasse n'avait pas réussi à s'incruster comme sur toutes les autres surfaces de l'endroit. Pour tromper l'ennui, elle finit par visiter les lieux.

Il n'y avait plus d'eau dans les chiottes entartrées, rouillées, le trône émergeant à peine d'autres piles de presse impeccablement pliées. Sur un matelas pisseux, dans une alcôve, une vieille couverture de l'armée. Sur la table de formica de la cuisine, un petit transistor et, dans le placard, au lieu de provisions, un album de photos où deux jeunes gens, cheveux gominés, costume à paillettes, brandissant un canotier dans la main gauche, souriaient de leurs soixante-dix-huit dents étincelantes : Jacques et Jo, le duo chantant. Les photos avaient été découpées dans des programmes, dans des publicités. Au milieu de l'album il n'y avait plus que Jo, le chanteur fantaisiste, avec sa drôle de bille de clown au nez rond, la bouche toujours étincelante, mais l'œil lugubre sous le maquillage exagéré. Et puis plus de photos. À la dernière page, un entrefilet de faits divers découpé maladroitement finissait de s'effriter. Il racontait la chute mortelle, depuis le quatrième étage d'un hôtel d'Orléans, de Jacques Daiche, artiste de music hall, qualifiée d'accident entre guillemets. On laissait entendre que son partenaire était entendu par la police.

Cheryl referma fermement l'album. Les enquêtes, c'était fini, plus jamais. D'ailleurs, ça ne la regardait pas. Et elle refusait de s'attendrir sur le vieil artiste de music-hall qui avait espéré faire une ultime panouille dans un court métrage d'école.

Et de penser que cet imbécile de Gérard devait tout faire pour retenir aussi longtemps que possible le vieux saltimbanque. L'idée d'une nouvelle misère à confronter la paniqua soudain. C'était trop pour une nuit. Elle irait le voir, un jour, plus tard.

Elle trouva un trognon de crayon à papier, rédigea un mot poli et rapide, la liasse de billets plus explicite que n'importe quelle justification, laissa le tout sur la table de formica, la clé bien visiblement posée à côté, tira la porte derrière elle, traversa la cour, monta chez elle, lança un «Bonne nuit» peu amène à Gabriel et fila dans sa chambre.

Gabriel ne répondit pas. Cheryl se déshabilla, renfrognée, ouvrit son lit, hésita, revint à pas lents vers la porte, appela, «Gabriel ?» Elle accéléra alors.

Le fauteuil était là, il y avait bien quelqu'un dedans. Elle approcha le cœur battant. Une main chaude et tendre l'attira. Elle se retrouva pelotonnée sur l'invalide qui l'appela «son petit trésor» et proposa, nécessité faisant loi, quelques figures acrobatiques intéressantes. Elle se laissa porter et ils atteignirent bientôt, inaccessible aux piétons, aux renfrognés et aux amers, le bois dormant des seuls amants, la petite mort qui, elle, ne ressemble pas du tout au sommeil.

23

Car le temps sans répit mène à l'affreux hiver

Cheryl venait à peine de confier tendrement à Gabriel que, tout débattu, tout bien pesé, c'était pas mal avec un plâtre, quand des coups violents retentirent à la porte. Les amants s'exclamèrent simultanément «Couilles molles, putain de foutre de bordel de merde» et hurlèrent également de concert : «On n'est pas là».

– Ouvrez, pas de blague. C'est Gérard !

Cheryl se détentacula avec peine et alla ouvrir d'un pas morne.

– Cheryl ! s'exclama Gérard choqué.

– Ben oui, c'est moi.

– Mais tu es…

– Quoi ? Ah, ça.

Elle était nue, effectivement, mais au milieu de la nuit ça n'avait rien d'incongru ou bien ? Un peu énervée, elle dit :

– Ben quoi. Accouche.

– Non, non, je peux pas te parler comme ça.

Il détournait sa face cramoisie.

– Tu sais que t'es gonflant !

Elle alla chercher un minuscule peignoir transparent qui ne faisait qu'empirer sa nudité.

Gérard était entré et découvrant l'anatomie de son vieil ami, s'était tourné vers le mur.

Cheryl et Gabriel échangèrent un regard d'exaspération et Cheryl jeta un couvre-lit de nylon rose sur Gabriel.

– Ça va, tu peux te retourner. Qu'est-ce qui se passe ?

– C'est Crusonnier.

Et il raconta en tir de mitraillette que madame Crusonnier avait déposé, comme chaque soir, un plateau-repas devant le garage de son mari qui ne voulait même plus la voir et que, quand elle était allée ramasser le plateau deux heures plus tard, il était toujours intact. Elle l'avait laissé mais elle était inquiète, arrivait pas à dormir, elle y était retournée. Le plateau était toujours là. Elle avait frappé, appelé, tout était noir et fermé. Alors elle avait couru prévenir Gérard qui l'avait accompagnée au garage et effectivement y'avait personne...

– Et c'est pour ça que tu nous déranges ? hurla Gabriel. Il est allé se saouler la gueule quelque part. Ou alors il a découché, c'est son droit.

– Sa femme est comme une folle.

– Rien de neuf.

– Elle campe devant le garage. On peut pas la laisser comme ça.

Cheryl soupira jusqu'à n'avoir plus une goutte de souffle dans les poumons et dit :

– O.K. O.K. J'y vais. Où est le rossignol ?

– Ben où tu l'as mis, j'y ai pas touché, moi.

Quand Cheryl eut mis sa chambre sens dessus dessous, retourné ses vêtements de la nuit trois fois et eut glissé une main indiscrète sous les fesses de Gabriel qui se tortilla aussitôt en lâchant des bruits obscènes qui firent bien marrer Gérard, elle dut se rendre à l'évidence qu'elle avait laissé le trousseau de passe-partout dans l'appartement du vieux. Plutôt que de risquer l'ire de son camarade, elle affirma que tout allait bien, ils pouvaient y aller.

Dans l'escalier, feignant d'avoir oublié quelque chose, elle enjoignit à Gérard de partir en avant. Elle le rejoindrait directement là-bas.

Une faible lueur brillait au troisième et elle alla frapper en douceur :

– Qui est-ce ? interrogea le vieux de derrière la paroi.

– C'est moi qui vous ai laissé le mot, euh, et le, le dédommagement, euh, je suis désolée, j'ai dû laisser mes clés chez vous.

La porte s'ouvrit enfin sur le visage mal famé de son occupant. Il était difficile de reconnaître le fringant amuseur de l'album de photos.

Cheryl avança dans le couloir maintenant familier, parlant non stop pour lutter contre un curieux malaise, ce qui ne l'empêcha pas d'entendre le bruit sinistre du verrou tourné et de la chaîne de sûreté crochetée.

– Je ne peux malheureusement pas rester…

– Je reçois si peu de visites.

Cheryl fit volte-face, comme s'il risquait de l'agresser par derrière.

– Mais je reviendrai…

– Vous avez vu l'album, c'est ça ?

Il était là tranquille, mains dans les poches. Elle répondit, la voix incertaine :

– Elles ont dû tomber dans le placard.

Il se fit ironique, agita les mains dans l'air :

– Dans le placard ?

Un cliquetis la fit sursauter. Les clés apparurent dans la main du vieux :

– Et voilà. Vous êtes cambrioleuse ?

Il se mit à rire d'un drôle de rire étranglé et caverneux.

– Et la carte d'identité, elle est aussi à vous ?

Un petit plastique transparent s'était matérialisé entre deux doigts.

Elle se pencha et vit la photo, le nom Xavier Roque, puis l'étui disparut comme il était venu.

– Peu de passants mais ils laissent tous un souvenir derrière eux. Vous croyez qu'il va venir lui aussi ?

Cheryl frémit. Et si Gabriel avait eu raison ? Et si Xavier avait vraiment été assassiné ici ? C'était illogique mais le vieux clown triste en face d'elle lui faisait peur. Un illusionniste. Il avait fait disparaître le corps. Illusion. C'était juste des trucs. Cheryl tâcha de se rappeler à la réalité. Il avait l'air fragile Elle pouvait le bousculer, lui arracher le trousseau et filer. Il avait vraiment l'air cinglé. Et cette fois, personne ne savait qu'elle était là.

Un coup sec à la porte la fit sauter en arrière. Le complice du vieux ? Mais le vieux ne bougeait pas. Cheryl cria :

– Oui ?

– C'est Xavier. Du tournage. Je crois que j'ai oublié ma carte d'identité…

– Oui oui, c'est ici, s'empressa-t-elle de répondre.

– Ben, faites comme chez vous, rigola le vieux.

Cheryl se précipita ouvrir la porte. Elle resta un moment silencieuse. C'était comme une apparition. Le jeune homme avait un visage d'ange. Elle tendit la main pour le toucher. Elle dit :

– Vous êtes vivant ? Je veux dire, la mamie était inquiète.

– Oui, ben, ça va, hein ? J'y suis passé, figurez-vous. Vous êtes sa coiffeuse ? Pas génial le mauve, là. Mais bon, il y a personne là-bas et en plus, c'est tout ouvert.

La panique la prit d'un coup, en même temps qu'une sensation d'urgence. Il y avait trop d'événements bizarres en une seule nuit. Raffermie par la présence de Xavier, elle fit un pas vers le vieux toujours immobile, tendit la main :

– Je vous en prie. C'est important. Un ami qui a de gros soucis. Je suis inquiète, il faut que j'aille chez lui.

– Un ami comme moi, dont vous voulez chiner les petits secrets ?

– Mais non, Crusonnier, le garagiste. Je vous en prie. Il faut que je puisse entrer dans son garage.

– Eh ben poussez la porte.

– Quoi ?

– J'ai vu quelqu'un y rentrer comme dans un moulin. Y'a peut-être une heure et demie, deux heures de ça.

– Mais qu'est-ce que vous racontez ? Qui ?

– L'espèce de centaure, le garde-chiourme de la vieille folle.

Le cœur de Cheryl se serra. Elle se tourna vers Xavier, dont le regard vide abîmait l'incroyable beauté. Elle murmura *« Chirac »*, n'y comprenant plus rien. Puis elle saisit les clés d'un geste vif. Xavier s'écarta sur son passage. Il balbutia :

– Et pour la mamie, qu'est-ce que vous faites ? Si elle a eu un malaise… Avec son diabète…

Le mot se ficha dans le cerveau de Cheryl. Elle dit d'une voix forte :

– Je vous retrouve chez elle. Après le garage. À plus tard.

Elle entendit le vieux annoncer d'une voix à vous démolir le moral :

– La vieillesse, la solitude, l'ennui, ils croient tous qu'ils vont y couper.

Cheryl avait déjà commencé son interminable course vers la rue Volta.

24

À connaître, un plaisir, connue, un mauvais rêve

Arrivée devant le portail, Cheryl se sentit lessivée. Elle tendit les clés à Gérard et examina discrètement madame Crusonnier qui avait toute l'apparence d'une ménagère banale. Elle avait dû la coiffer une ou deux fois. Mais c'était pas le genre dépensière frivole. De ses chaussures bien cirées, impeccables quoiqu'ayant fait de l'usage, jusqu'à la robe en tissu fleuri infroissable et inusable, à l'imperméable qui semblait sorti de sa housse, tout dans la femme respirait l'économie besogneuse. Son visage n'était pas antipathique. Il avait même dû être assez joli, de ces joliesses qui se fanent tôt si elles ne sont pas entretenues par le plaisir et la reconnaissance. Elle n'avait vraiment rien d'une harpie. Et elle semblait inquiète, ni furieuse, ni énervée, sincèrement, profondément soucieuse. Quand elle avait voulu saluer Cheryl, la voix s'était étranglée et les larmes avaient jailli, si violentes après avoir été contenues, qu'elles éclaboussèrent Cheryl de deux petites gouttes chaudes. Instinctivement, Cheryl esquissa le geste de serrer la femme dans ses bras mais l'autre se raidit d'avance et Cheryl laissa tomber.

– Ça y est, dit Gérard d'une voix étouffée.

Ils pénétrèrent en file incertaine dans le garage. Cheryl jeta un coup d'œil rapide dans le petit bureau où le garagiste n'était pas. Madame Crusonnier s'exclama presqu'aussitôt :

– Martin !

Cheryl ne fit pas tout de suite le lien entre le

prénom et la personne. Il n'avait pas une tête à s'appeler Martin. Madame Crusonnier avait déjà filé dans un coin sombre où son mari gisait, inerte, sur le dos. Il respirait, on entendait son souffle bruyant mais ses yeux restèrent fermés, il semblait n'avoir aucune conscience des trois personnes qui l'entouraient.

Gérard annonça qu'il appelait une ambulance. Madame Crusonnier prit la main de son mari, une main crispée en poing.

– Excusez-moi, dit Cheryl.

Et elle lui retira la main de son mari. Madame Crusonnier la regarda comme une rivale et d'un air déterminé, s'empara de l'autre main.

Cheryl fit glisser la petite boule noire entre ses doigts. Une manche du bleu de Crusonnier avait été remontée et une goutte de sang perlait au poignet.

Elle hésita, elle dit :

– Ça va aller ?

– Très bien, dit madame Crusonnier amèrement. Mon mari va mourir. Je vais hériter d'un beau garage, d'un bel enfant monstrueux et d'une belle petite maison pourrie en Bretagne. La vie est belle. Dommage que je l'aie pas vu passer.

– Oui, votre mari m'a dit pour votre fils. Il l'aimait beaucoup…

Elle se mordit la lèvre. Pourquoi le passé ? Il était pas mort encore.

– Beaucoup, c'est rien. Follement. C'était une folie notre vie. Toute la journée dans des hurlements monstrueux, ou des silences encore plus affreux avec un gamin qui ne sait même pas que vous êtes sa mère, qui n'a jamais le moindre geste d'affection et quand Martin rentrait, il n'y en avait que pour le gosse. Une patience, une gentillesse... Et à moi, des ordres, secs. Il ne m'a plus jamais touchée. Il avait découvert l'amour, je crois bien. C'est commode, avec quelqu'un qui ne répond pas. Pas contrariant. Alors j'ai cru qu'en le renvoyant mais... C'était pire. Regardez-le. Il est franchement pas beau. En plus il est sale et question conversation ça a jamais été un grand causeur, eh ben, cet homme-là, je me serais pendue pour lui. Voilà. Quelle chierie la vie, hein...

Qu'est-ce qu'on fait dans ces cas-là ? Cheryl avait hâte de partir mais après une telle sortie, comment dire : «Bon, c'est pas tout ça mais faut que j'y aille» ?

Gérard s'approcha. Il s'excusa, il avait aussi appelé sa femme pour qu'elle ferme. L'ambulance arrivait. Cheryl lui fit signe de la tête. Il s'approcha et elle murmura qu'elle devait aller chez la mamie. Est-ce qu'il pouvait rester avec madame Crusonnier ?

Elle ne lui laissait pas franchement le choix comme il se fit un plaisir de lui faire remarquer.

Cheryl repartit en courant comme un petit jouet remonté mécaniquement. Elle ne sentait plus aucun influx d'énergie. Piles à plat, elle fonctionnait sur la réserve en souhaitant que celle-ci tienne jusqu'au bout de la nuit car elle pressentait que tout se dénouerait pendant les prochaines heures.

Xavier l'attendait devant la porte du restaurant de la mamie. Il laissait Cheryl totalement indifférente, désormais. Une fois qu'on s'était habitué à sa beauté, elle disparaissait.

– Y'a toujours personne. C'est fou, toutes les

chambres sont vides. Ça fout les jetons. Ça sent le fantôme là-dedans. Je suis content de vous voir mais j'ai un train à prendre. Je peux partir ?

Il parlait comme un enfant qui attend l'autorisation des adultes pour tous les actes de sa vie. Il expliqua à Cheryl qu'il avait rencontré un monsieur plus âgé mais super gentil qui l'emmenait à Toulon. C'était pour ça, la carte d'identité. Il ferait peut-être des photos, il savait pas très bien.

Cheryl essaya de lui dire qu'il était peut-être délicat de partir avec quelqu'un qu'on ne connaît pas. Il dépendrait entièrement de l'inconnu. Quel genre de photos exactement ? Et puis Toulon, ajouta-t-elle par principe, c'était le Front National.

Le visage de Xavier s'était fermé, il la regardait par en dessous, buté. La petite frappe révélée. Il dit :

– Ils font que dire tout haut ce que les autres pensent tout bas.

Cheryl ouvrit la bouche, la referma, se détourna en jetant par-dessus son épaule :

– Tire-toi.

Un visage d'ange.

Elle entra dans la grande salle commune vide et silencieuse. C'est vrai que ça sentait le fantôme. Elle n'était jamais montée à l'étage où se trouvait la chambre de la mamie. Elle alla d'abord jeter un œil à la chambre de *Chirac* près de la cuisine. C'était un réduit en réalité. On en faisait vite le tour. Le lit de camp indiquait qu'une solution provisoire avait viré au définitif. Un placard contenait un immense pantalon de toile propre mais pas repassé, un pull de camionneur sur l'étagère au-dessus et des slips à l'élastique plus du tout élastique, déformés par le temps, le coton avachi, une paire de chaussettes toutes neuves et un lourd pardessus kaki aux poches vides. Une photo de Mike Tyson était punaisée au-dessus du lit et dans un plastique transparent sur la table de nuit, il y avait une brosse à dents et un rasoir jetable. Elle en ouvrit la porte et découvrit une boîte à chaussures contenant plusieurs paquets de seringues jetables et des flacons d'insuline.

Cheryl referma, les mains frissonnantes. Elle ne voulait pas que ce soit *Chirac*. N'importe qui d'autre. Pas le tendre amoureux difforme... Elle se doutait bien de l'identité de sa bien-aimée. Mais se le dire à elle-même aurait déjà ressemblé à une indiscrétion.

Elle monta au premier et reconnut tout de suite la chambre de la mamie. C'était une vraie chambre de grand-mère. Ça sentait le vieux et la poudre de riz. Au-dessus du lit rustique, le portrait de ses parents sans doute, deux paysans en tenue de noces dans un lourd cadre doré. Un gros édredon fleuri recouvrait le lit. Dans la commode, le linge, rapiécé, vieillot était plié, impeccable, organisé en piles régulières. Dans une boîte délicate, des petits mouchoirs en lin brodé. Un autre cadre était accroché, bizarrement tourné vers le mur. En le retournant, Cheryl découvrit la photo d'un petit homme de type méditerranéen, une boule ronde, grand nez en pomme de terre et minuscules yeux rapprochés. Elle en déduisit que c'était le mari et le remit face contre mur. Et tout en fouillant à la recherche d'elle ne savait quel indice, Cheryl se demandait où ils avaient pu passer ? L'une avait-elle fui l'autre ?

Étaient-ils ensemble ? La mamie avait-elle soupçonné quelque chose ? Et pourquoi ? Surtout pourquoi ? *Chirac* tuait-il les démunis comme il se serait tué lui-même ? C'était idiot. Est-ce pour cela qu'il avait si bien joué la scène de *Richard III* ? Sa pensée s'interrompit car là, dans le tiroir de la grosse table de nuit assortie au lit, elle venait de trouver les restes d'un chapelet de perles blanches. Il y en avait tout un tas en vrac dans une boîte transparente, dix, dans un autre petit récipient, et une seule noire, en jais, parfaitement semblable à celle que Cheryl tenait toujours dans la main.

Elle était là, stupide devant le contenu du tiroir quand, familière, une voix aussi légère que le tintement d'une clochette fêlée découpa un petit bout de silence avec ces simples mots :

– Cheryl, je suis désolée. Je vous aimais tant pourtant.

Cheryl se retourna lentement vers le doux sourire maternel auréolé de mauve et se sentit fautive, en train de fouiner sans délicatesse :

– Je suis désolée. J'étais inquiète.

La mamie soupira. Elle dit :

– Ce serait plus facile si vous étiez malheureuse. Vous êtes malheureuse ?

– Ce soir, oui, un peu.

Et en le disant elle se rendit compte que c'était vrai. Elle se sentait d'un coup d'une tristesse sans fond. Parce que ça n'aurait pas dû être comme ça. Rien n'était à sa place. Elle demanda, la voix faible :

– Où est *Chirac* ?

– Oh, *Chirac* était très nerveux. Je l'ai envoyé aux Tuileries chercher Xavier. Ça le calmera. Vous

vous rendez compte qu'il m'avait pris toute mon insuline ? Mais j'ai récupéré la clé de sa chambre, heureusement. Je voulais en terminer. Il me reste un seul grain et ma prière au Seigneur sera terminée. On avait un accord. Tous les malheureux qui n'ont rien à attendre de la vie ici-bas, hop, expédiés direct au Seigneur. Il n'y a que Rétrovsitzec. Il m'a menti mais ce n'était pas de ma faute. Et puis il y aura vous parce que personne ne doit savoir, c'est un secret entre le Seigneur et moi. On se retrouvera vite. Vous verrez, il faut pas avoir peur.

Cheryl vit alors la seringue dans la petite main aux doigts abîmés par trop de travail.

Elle se répétait que c'était impossible, complètement impossible. Comme un sommeil aux images fantasques. Elle réfléchissait à toute vitesse en même temps. N'avait-elle pas vu un crucifix bien gros, bien lourd, sur le mur le long du lit ? Elle se retourna très lentement, en demandant d'un ton détaché :

– Et Crusonnier ? Il n'était pas seul, Crusonnier ?

– Oh il n'avait plus aucune raison de vivre, vous savez, Cheryl. C'était mieux pour sa femme aussi...

La voix se raffermit soudain, furieuse :

– Un vrai gâchis, cette pauvre femme. Je l'ai connue jeune fille. Elle vous descendait le boulevard, c'était un vrai concert de siffleurs, tous les tons, toutes les durées. Elle était faite pour le bonheur. J'aurais pu être comme ça un jour. Pourquoi elle a choisi celui-là, si pataud, lourd, maladroit ? C'est bien les coups de l'amour, ça.

Oui, elle avait bien vu. La croix était énorme, en bois solide et tenait par une ficelle à un gros clou. Il fallait que son geste soit rapide et efficace. Elle essaya de prolonger la discussion :

– Une mauvaise mère quand même. Vous ne croyez pas ?

Le silence répondit, elle saisit le crucifix près du clou, tira, le brandit. La porte était entièrement obstruée par la grosse carcasse de *Chirac* qui la regardait en roulant des yeux suppliants. Il dit d'une voix forte :

– Je m'en occupe, mamie, c'est mieux. Ça n'a plus aucune importance maintenant.

Une petite voix impatiente dit « Prends la seringue, et n'oublie pas la perle pour que le Seigneur la reconnaisse bien ».

Le crucifix ne valait plus rien face à la force brute. *Chirac* s'approcha et d'une main ferme la coucha sur le lit, ses pieds battant dans le vide. Il se pencha au-dessus d'elle, une main pressant déjà le cou, son regard plein de tendresse. Il murmura dans son oreille, « Vous avez été mieux qu'une amie, pour moi, Cheryl ». Cheryl se dit, « Ça y est. Il va me faire la scène du balcon et après couic ». Puis elle se demanda que faire dans cet instant ultime, à quoi penser de profond et de définitif mais la première idée qui lui vint fut que personne n'aurait l'idée d'aller chercher sa jupe chez le teinturier et qu'elle avait oublié de prévenir que, dans la bouteille de vinaigre, elle avait préparé un mélange abrasif pour nettoyer les casseroles. Et au milieu de ces insipidités elle entendit soudain ce que *Chirac* lui susurrait :

– Vous faites l'agitée pendant dix minutes, puis vous tombez en arrière. Il y a déjà eu trop de morts. Vous en trouverez plein la cour et dans la cave aussi.

Là où j'ai fait la maçonnerie. Il n'y en aura plus. C'est fini. Je vais m'occuper d'elle. Et merci pour Shakespeare. C'est vraiment bien. Et comme il a dit : *tout le reste est silence.*

Puis il la cloua sur le lit de tout son corps et elle en fut brièvement troublée. Elle sentit quelque chose de pointu contre sa cuisse et ferma les yeux. Il avait voulu la rassurer pour qu'elle ne se débatte pas.

Puis dans un souffle urgent il dit :

– Allez-y, secouez-vous.

La pression disparut. Une main referma ses doigts sur une petite perle noire.

Puis lointaine, la voix de *Chirac* :

– Allez, venez mamie, c'est jamais beau à voir.

Se sentant idiote, soulagée pourtant, Cheryl se mit à mimer des spasmes pas très convaincants, elle était si fatiguée, puis se laissa brutalement retomber sur le lit. Des pas lourds ébranlèrent l'escalier. Puis après, effectivement, tout fut silence.

25

Et l'amour est si fol que dans tous vos désirs
Il ne voit point le mal, quels que soient vos plaisirs

Ils furent peu nombreux à voir l'étrange couple remonter le boulevard du Temple puis le boulevard Beaumarchais. Au bras d'un Quasimodo, claudiquant, trottinait la frêle silhouette d'une vieille Esmeralda en robe claire, aux cheveux mauves. Ils firent une petite halte à la Bastille pour que la vieille dame reprenne haleine. Ils n'étaient que deux paumés parmi tant d'autres dans les rues sombres de la ville. À chaque fois qu'ils passaient devant leurs semblables, pauvres hères emmitouflés dans une encoignure de porte, allongés sur les grilles chaudes du métro ou finissant leur picrate sur un banc, la mamie soupirait en disant :

– Il y a encore tant à faire.

Et *Chirac* répondait tendrement :

– Vous avez assez fait.

Il l'avait si souvent rêvée cette promenade amoureuse le long des quais. Il sentait à peine, léger et rassurant, le battement du cœur de sa compagne qui allait bravement cogner contre sa poitrine. Pour descendre l'escalier qui menait au quai, il lui prit la main, se retint de l'embrasser et, comme un chevalier courtois, la précédant d'une marche, altier malgré sa jambe folle, il lui fit descendre l'escalier raide et froid comme s'il la menait au bal dans un palais.

Arrivée en bas, la vieille dame frissonna et dit :

– Il va faire froid.

Il fut triste soudain, car lui brûlait de partout et il aurait tellement voulu que la même chaleur se communique aux veines de son aimée. Il se dit que ça y était et le trac le surprit, paralysant. Cette scène, il ne l'avait jamais répétée. Il sentit ses mains moites, son cœur accélérer, une nausée le saisit. Sa tête était vide.

La mamie s'arrêta, lui fit face et le regarda droit dans les yeux. Les siens étaient clairs comme ceux d'une jeune fille naïve à son premier rendez-vous. Un léger sourire les éclaira.

Il se détourna, fit quelques pas, laissant la vieille

dame perplexe. Il commença d'une voix trop forte mais se rétablit sur le troisième vers :

C'est ma dame, ô mon amour
Ô pourvu qu'elle le sache un jour !
Elle ne dit rien ; et alors ?
Son œil parle, je n'ai qu'à répondre.
Quel culot. Ce n'est pas à moi qu'elle parle
Deux des plus belles étoiles qui au ciel ont à faire,
Demandent à ses yeux,
Jusqu'à ce qu'elles reviennent, de briller dans leurs sphères.

Les yeux de la mamie brillaient vraiment comme des étoiles, soudain. Elle leva la tête vers celle de vieux chien rossé de l'amoureux timide, mais elle, comme depuis ce premier jour où leurs regards s'étaient rencontrés sur un trottoir, vit que son unique œil était tendre et courageux, que sa bouche était honnête et juste. Son teint de pochtron, animé par l'émotion et l'air froid de la nuit, à la lueur du pâle réverbère, prenait des tons d'ivoire. Elle déposa un baiser de papillon sur la bouche de son homme et murmura :

– Je peux partir seule maintenant, puisque tu m'aimes.

Il reprit son souffle et lança :

Ô, mais tu m'aimes, qu'ils me trouvent près de toi
Je préfère que leur haine mette un terme à ma vie
Que de voir reporter ma mort, sans espoir d'être aimé de toi.

Ils s'étreignirent longuement et un cycliste qui passait là-haut, lança un rigolard : « Salut les amoureux » qui les ravit.

Elle passa délicatement ses deux bras légers autour du cou de taureau de *Chirac*.

Il la souleva comme une plume de soie, poitrine sur poitrine, leurs cœurs à l'unisson, légers, heureux, absolument.

Il prononça les derniers vers dans sa bouche à elle :

Que le sommeil descende sur tes yeux et la paix sur ton sein

Si je pouvais être sommeil et paix pour trouver un repos si doux.

Et leurs souffles, un seul souffle, leurs corps un seul corps, réconciliés, comme prenant leur envol, ils s'élancèrent au-dessus de l'eau, s'enfoncèrent dans la noirceur sans fond. De jolis cercles irradièrent sur le fleuve tranquille. Quelques bulles. Puis plus rien, que la surface lisse et indifférente de la Seine qui en avait vu d'autres.

26

Temps ne te targue point de me faire changer

Un soleil vif et plein d'allant illuminait de toutes ses forces un ciel bleu éclatant. Il faisait bon sur la terrasse du Pied de Porc et Léon, affalé dans une flaque de soleil, se tâtait mollement pour savoir s'il quitterait son coin de paradis pour aller laper un peu d'eau derrière le comptoir. Il avait soif. Pas si soif que ça. Il oscilla du museau posé sur ses deux pattes croisées, sans même ouvrir l'œil et s'aplatit avec décision pour une prolongation de roupillon.

Gérard n'en finissait pas de bâiller en attendant que le café goutte dans la tasse. Comme chaque printemps, il se récitait la lettre qu'il se promettait d'envoyer un jour aux autorités concernées, dont l'argument se renforçait chaque année, sur les méfaits innombrables et inacceptables, nuisibles au commerce et à l'équilibre mental des individus, du passage à l'heure d'été.

Depuis six heures ce matin, c'est-à-dire depuis sept heures, d'après l'horloge de la veille, les clients arrivaient, ébouriffés, mal rasés, œil gonflé, très agités en demandant quelle heure il était, alors que tout le monde savait que le grand cadran blanc, face à la porte d'entrée, avait été ajusté la veille au soir et indiquait la bonne heure, enfin bonne... la nouvelle heure.

Une mouche s'était posée sur la truffe de Léon qui prit aussitôt le pari qu'elle n'y resterait pas. Pas la peine de s'en occuper soi-même, après tout elle avait bien le droit à une petite bronzette, elle aussi. Il sourit intérieurement en voyant s'inscrire dans son cerveau limité l'image d'un insecte volant, lunettes de soleil et ailes pleines de crème, affalée dans un transat. La mouche s'envola. Satisfait, il se laissa repartir dans la vacuité qui lui était habituelle mais le bourdonnement de l'intruse l'irritait. Elle cherchait la bagarre ? Il redressa l'oreille droite où la mouche s'était enfilée lui produisant un chatouillis extrêmement désagréable. La porte du café s'ouvrit sur un curieux martèlement et cette odeur... Le cœur de

Léon lui remonta dans la bouche. Soulagement et crainte mêlés. L'affolement de son système nerveux l'empêcha d'entendre l'exclamation ravie de Gérard :

– Gabriel ! Attends, je vais t'aider.

Œil sournois, oreilles rabattues, jambes fléchies, Léon tâcha de filer discrètement vers la cuisine en faisant un grand détour par-dessous les tables de droite mais un bâton comme il n'en existait que dans les histoires, que sa mère lui racontait autrefois, de chiens battus par des fermiers irascibles, se posa sur son cou et arrêta net sa fuite. La bonne nouvelle c'est qu'il n'avait pas tué Gabriel, la mauvaise, c'est que le Poulpe était revenu se venger.

Une main s'abattit sur son front, pour l'immobiliser sans doute, puis descendit fourrager dans le cou. Il entendit les mots incompréhensibles :

– Salut l'empaffé. Ça fait plaisir de te revoir.

La main indéniablement chaleureuse, quitta son échine, un petit coup de bâton léger la remplaça :

– Allez, sans rancune.

Léon devina plus qu'il ne comprit le pardon accordé. Sa grande queue balaya le sol, heureusement propre, dans un mouvement rapide et incontrôlable. Son cœur s'agita joyeusement dans toute sa poitrine et il partit, guilleret, étancher sa grande soif. « Ah les bons amis » pensa-t-il donnant libre cours à son penchant typiquement canin pour une vision du monde à la Comtesse de Ségur.

Gabriel était pâlot mais resplendissant dans un costume de toile blanche. Gérard s'affaira à déplacer une table, tirer des chaises pour que le convalescent ait ses aises à sa place habituelle. Il s'aidait d'une canne pour des déplacements lents mais ambulants, déjà ça.

Gérard vint s'asseoir en face de lui :

– Excuse-moi, j'ai été débordé mais Cheryl m'a tenu au courant. Combien ils en ont trouvé finalement ? Une vingtaine ? On a battu l'English non ?

– C'est pas vrai, ça ? Ça t'excite ou quoi ? Moi, ça m'a foutu le moral à la cale. À quoi je sers ? Ça s'est passé sous notre nez. On n'a rien vu, rien fait. Alors, en berne, le pavillon. S'il te plaît.

Gérard baissa le nez, se sentant merdeux.

– T'as raison. Excuse-moi mais à force... On parle que de ça ici, alors les commentaires, les rumeurs, les trucs... C'est comme les infos à la télé, quoi. On n'y croit pas vraiment.

– Bon, ben à part ça, dans la série les bonnes nouvelles. On en a eu de Xavier. Il s'éclate dans un salon de massage à Toulon et il milite au RPR pour un renforcement de la loi Pasqua.

– Oh la vache ! Décidément, c'est vrai, c'est les meilleurs qui partent les premiers.

– C'est pas vrai, ça. Je te lâche deux semaines et t'en profites pour faire le plein de conneries ou quoi.

Les retrouvailles ne se passaient pas bien et Gérard se leva précipitamment en disant qu'il allait lui faire son expresso.

Pour changer de conversation, à l'abri du comptoir, il lança :

– Et c'est en quel honneur la tenue d'espingoin ?

– T'es pas au courant ? C'est l'enterrement de la mamie et de *Chirac*.

Neuf visages abandonnèrent la lecture de leur quotidien du matin ou la contemplation de leur marc de café, l'un et l'autre également illisibles.

Le client de passage accoudé au zinc reprit ses esprits le premier :

– Chirac est mort ?

Gérard répondit négligemment :

– Ben oui, on l'a repêché... quoi ? Il y a quatre jours.

– Mais il était en déplacement en province.

Une dame qui buvait son pastis avant d'aller faire ses commissions s'exclama que ça ne l'étonnait pas, ils faisaient tous ça maintenant. Ils avaient des doubles, comme Kadhafi. Et après ? Comment on faisait pour reconnaître le vrai ? C'était peut-être le double qui était mort. De toute façon, on n'était plus gouverné. Alors qui s'en foutait ? Mitterrand, au moins, il lisait pas ses discours.

– Oui, mais c'est quand même lui qui nous a vendu Tapie ! s'exclama, furieux un chauffeur de taxi. Moi qui vous parle, j'y ai cru à Tapie. Et mon père était ouvrier. On marche sur la tête.

Pour rétablir un semblant d'ordre, Gérard expliqua :

– Pas Chirac. L'autre.

Puis pour plus de clarté, Gabriel ajouta :

– *Le nôtre*.

La dame renchérit en se rengorgeant :

– C'est bien ce que je disais. Ils sont plusieurs.

Gérard gueula un bon coup :

– Je peux parler cinq minutes tranquille avec mon pote convalescent ?

Le passant régla et dit très fort avant de partir :

– En tout cas, les journaux n'en ont pas parlé. Moi, je n'y crois pas.

Gérard apporta le plateau en secouant la tête d'un air excédé :

– Y'a une atmosphère de dinguerie en ce moment ici. Je sais pas si c'est le printemps ou quoi. Cheryl, ça va ? Elle avait l'air bien secoué.

– Ça, elle a morflé. En attendant, elle me vire. Elle dit qu'elle est pas faite pour la vie de couple.

– Il paraît que Crusonnier vend son garage.

– Ouais, ils vont s'installer à la campagne. Ils disent que ce sera mieux pour le petit. Enfin, elle dit. Il a été drôlement diminué par son accident et je peux te dire, y'a une sérieuse reprise en main. Ah les femmes !

– Qu'est-ce que tu racontes ? C'est ce qu'il voulait, non ?

– Ouais ! Entre nous, c'est pas typique des femmes ça ? Elles décident et puis elles disent qu'au fond, c'est ce qu'on voulait, nous.

– Tu t'es engueulé avec Cheryl ?

– Non, mais elle est chiante. Elle est devenue super activiste. Elle a récupéré le voyou, son Indienne et le gosse. Elle les a installés chez le vieux clown. Ils repeignent tout, remise à neuf et ils récupèrent les deux pièces vides du fond.

– C'est pas con.

– Tu retardes. Faut dire, c'est pas bite. Et je peux te dire que le Mick il ferait pas la différence entre un rouleau à peinture et un rouleau de papier cul. Et à propos, le petit chiard du 16ème, Gaby. Il décolle plus du salon. Et ça papote et ça ricane. J'en pouvais plus, moi. Il était temps que je me casse.

– Tu veux que je te dise, Gabriel ? Tu flippes parce que, finalement, t'étais bien chez Cheryl…

Laquelle Cheryl fit alors irruption dans le café, suivie de Nelly et de Gaby :

– Dis donc Gabriel, t'as vu l'heure ?

Gabriel soupira :

– On y est en un quart d'heure au cimetière.

– Mais l'heure elle a changé.

– Ben justement. Les journées rallongent donc, on a une heure de plus.

– De moins.

– Du calme, Cheryl, réfléchis. Les journées rallongent, donc c'est une heure de plus.

La dame qui brûlait de s'en mêler précisa :

– On n'avance pas, on recule.

– Vous, rétorqua Gabriel, vous devriez arrêter avec le pastis parce que non seulement vous voyez tout en double mais en plus, vous retardez !

Il était assez content de lui, surtout que la dame le traita de galopin.

Cheryl chuchota à l'oreille de Gérard, s'assit, but une gorgée du café de Gabriel. Nelly s'effondra sur une chaise et annonça que la rue, c'était de plus en plus terrible. Quand on pensait aux kilomètres de câble électrique, de canalisations de gaz, de tuyaux d'eau, tout ça pouvant péter d'une minute à l'autre...

Gaby dit gentiment :

– T'as raison, Nelly, c'est dur, la rue.

Puis Cheryl et lui pouffèrent comme des gamins.

Gabriel se renfrogna, se trémoussa, sa canne tomba et cinq personnes, sauf Cheryl, bondirent pour la ramasser.

Il gueula qu'il était pas un invalide. Et au même moment, la radio tonitrua qu'il était neuf heures, petite musique, l'heure des infos, puis Gérard lui coupa le sifflet.

Gabriel grommela que c'était une conspiration, tout le monde était contre lui et Cheryl lui cloua le bec d'un baiser à l'américaine.

Quand il eut repris son souffle, il grommela que bon, ça allait bien comme ça, et qu'il fallait y aller puisque la radio disait qu'ils étaient en retard.

– On attend Shakespeare. Tiens la voilà !

La porte s'était ouverte sur une grande fille en redingote, œil cerné de khôl, longs cheveux lui battant les reins, qui brandissait une liasse de feuillets :

– Tiens Cheryl ! J'ai fini le premier jet de *Tout est bien qui finit bien*.

Blême, Gabriel, déclara entre ses lèvres serrées :

– Shakespeare est un homme.

– Ça, ça reste à prouver, lança gaiement Cheryl.

Les vers de Shakespeare qui figurent en tête de chapitre sont extraits de la traduction de Jean Fuzier dans la Pléiade.

DÉJÀ PARUS AUX ÉDITIONS BALEINE

1. **Le Poulpe** - Jean-Bernard Pouy
   La petite écuyère a cafté
   Prix Paul Féval de littérature populaire 1996
2. **Le Poulpe** - Serge Quadruppani
   Saigne sur mer
3. **Instantanés de Polar** - Franck Pavloff
   Foulée noire
4. **Le Poulpe** - Patrick Raynal
   Arrêtez le carrelage
5. **Instantanés de Polar** - Olivier Thiébaut
   Larmes de fond
6. **Instantanés de Polar** - Jean-Jacques Reboux
   Le massacre des innocents
7. **Le Poulpe** - Didier Daeninckx
   Nazis dans le métro
8. **Le Poulpe** - Noël Simsolo
   Un travelo nommé désir
9. **Le Poulpe** - Franck Pavloff
   Un trou dans la zone
10. **Instantanés de Polar** - Noël Simsolo
    Couleur sang
11. **Le Poulpe** - Paul Vecchiali
    La pieuvre par neuf
12. **Le Poulpe** - Jean-Jacques Reboux
    La cerise sur le gâteux
13. **Le Poulpe** - Claude Mesplède
    Le cantique des cantines
14. **Le Poulpe** - Pascal Dessaint
    Les pis rennais
15. **Le Poulpe** - Olivier Thiébaut
    Les pieds de la dame aux clebs
16. **Le Poulpe** - Gérard Delteil
    Chili incarné
17. **Le Poulpe** - Bertrand Delcour
    Les sectes mercenaires
18. **Le Poulpe** - Roger Martin
    Le G.A.L., l'égout
19. **Le Poulpe** - Jean-Christophe Pinpin
    Les gens bons bâillonnés
20. **Le Poulpe** - Hervé Prudon
    Ouarzazate et mourir
21. **Le Poulpe** - Guillaume Nicloux
    Le saint des seins

22. **Instantanés de Polar** - Guillaume Nicloux
Zoocity
23. **Canaille/Revolver** - Jean-Bernard Pouy
Spinoza encule Hegel
24. **Canaille/Revolver** - Patrick Raynal
La clef de seize
25. **Canaille/Revolver** - Anne Matalon
Petit abécédaire des entreprises malheureuses
26. **Le Poulpe** - Roger Dadoun
Allah recherche l'autan perdu
27. **Le Poulpe** - Pascale Fonteneau
Les damnés de l'artère
28. **Le Poulpe** - Sylvie Granotier
Comme un coq en plâtre
29. **Canaille/Revolver** - Michel Chevron
Fille de sang
30. **Canaille/Revolver** - Emma Christa
Elles sont pas croyables !

À PARAÎTRE

31. **Le Poulpe** - Romain Goupil
Lundi, c'est sodomie
32. **Le Poulpe** - Olivier Douyère
Bunker menteur
33. **Canaille/Revolver** - Alexandre Dumal
Burundunga !

Impression : Bussière Camedan Imprimeries
à Saint-Amand-Montrond (Cher), France.
Dépôt légal : août 1996. N° d'imp. : 1/1935.